給台灣讀者的一封信

親愛的讀者：

二〇〇六年夏天，我正在爲我的前一本小說《單身伊凡》做巡迴宣傳，同時著手進行新作，但是事情進行得不順利。我陷入掙扎。

每位作家都有陷入掙扎的時刻。透過掙扎，我們才能找到我們筆下的人物、我們的聲音，以及我們的自我。但是我的掙扎別有原因——有一個奇怪的聲音一直溜進我的故事裡。那個聲音非常堅持，揮之不去。那個聲音很愛開玩笑，口氣諷刺，既聰明伶俐又洞悉世情。不過它並非我正在書寫的角色，所以我不知如何是好。

到了七月底，當我準備出發參加一個爲期五天的宣傳活動——到書店與讀者見面、到圖書館主持寫作工坊——我向我太太解釋我的困境。「我想是我的新書在搞怪，」我說，「它想要破繭而出。」

「你是說那一本狗書嗎？」她問。我們都是這樣稱呼那本我打算從狗的角度來寫的新書。當時我還停留在構思階段，還沒有雛形，所以只是一本「狗書」。

「是啊。」我說。「我得讓它出來。它一直在吵，害我不能專心。我正在寫的書反而寫不下去了。我得想辦法解決。」

「好吧。」她勉爲其難地說，因爲她知道，雖然有時候掙扎是一種重要過程，有時候結果也只是勉強寫出來。「不過等你回來，我要看你寫的東西喔！」

當天下午我抵達旅館，住進房內後打開我的筆記型電腦。我說：「好了，小狗狗，你有話要說是嗎？那我們就來聽聽看。」我於是開始打字：「我只能擺出各種姿勢，有時動作還必須非常誇張……」

有時候掙扎是好的，我們可以藉此知道自己哪裡該去、哪裡不該去。我的掙扎是我正在寫一本寫不下去的小說，恩佐趁機會像一隻小兔子一樣，充滿精力又活蹦亂跳地跳出來。到了十月底，我寫完初稿。完成才不到一年，我的經紀公司已經把我的新書賣到全世界。

我之所以告訴你這本書的寫作過程，是因爲恩佐這個角色有魔力。他這個角色會強行進入我們的世界，因爲他有話要說，而且他不想等。

我教寫作課時，會提到寫作的技術面，包括情節、人物、對話。我也會提到藝術面，像是難以捉摸的層面、神奇的魔力、靈感，以及在作品中一旦失去自我，就表示作品已經脫離我們所能掌控。

書寫《我在雨中等你》這本小說對我而言是種神奇的過程，充滿喜悅與靈感。我只希望全世界即將讀到恩佐這個角色的讀者，也會像我寫恩佐時一樣，感受同等的喜悅。

祝大家福由心生。

賈斯・史坦

二〇〇八年四月二十三日

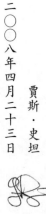

各界感動推薦

這本書，就是我在出版界工作的意義！這就是爲什麼我們喜歡閱讀，爲的是讓我們跳脫自己，用嶄新的方式去看待和了解事物。第一次看的時候我哭到不行，不蓋你！那天我腳步踉蹌走出車站，邊哭邊揉眼睛，差點撞上路人。現在我剛讀完第二遍，仍舊熱淚盈眶。所以，請大家要有心理準備！

——國際暢銷書出版經紀人　傑夫・克萊曼（Jeff Kleinman）

絕不能置身事外地看這一本書，因爲那就是我們既衝擊又感人的一生。

——知名電台主持人　光禹

這本小說藉由老狗恩佐的眼睛，透過幽默又銳利的洞察力，讓我們不僅看清人性，也明白了無條件的犧牲、眞愛與家庭的意義。這是一張描繪同情心、決心和靈性的藍圖。

——版權經紀人　譚光磊

《我在雨中等你》是一隻愛看電視的「宅狗」的心聲，牠的孤獨和那種無法與世界溝通的疏離感，完全像個人！而書中的人們，卻又因命運起伏多舛而奔波疲累得像隻狗。我懷疑這是我家的阿福狗（華娟家的拉不拉多犬），從牠現在住的狗天堂裡的書店買來送我的一本書……

——暢銷書作家　鄭華娟

當人生像賽車般打滑，承擔考驗而無所依恃的時候，我們渴望支持，但悲傷總是使人封閉自我，感覺不到身旁默默的守護。本書道出如何在風雨中以意志呼喚幸福的秘密，使我在感動中看見內心湧現的力量。

——精神科醫師　鄧惠文

這是一個充滿愛的故事，一場突破困境的人生，一本關於勇氣與信念的書，一本耐人尋味的勵志小說……無論任何年齡、任何身分的人，都可以從書裡的情節片段找到自我激勵的腳本與對白，並隨著主角丹尼在困境中的遭遇與掙扎，一起體驗一場你我不一定會經歷，卻感覺再真實不過的人生。

——知名藝人　李威

賈斯．史坦令女人迷上賽車，讓男孩願意長大！聽著恩佐講述丹尼故事的同時，腦海中不停閃過我許多人生畫面的片段。那些在靈魂深處牽絆懸念的人們，輪流上場，靜靜陪著我直到闔上書頁……那淋漓暢快的哭泣，竟是我久沒嚐到的釋放！

——知名藝人　郎祖筠

一個賽車手和一隻看盡人生百態的哲學狗，交織成一則令人動容的故事，並喚醒了你我心中的那場「雨」！人生正如「雨中賽車」，少有人是生來就注定贏得這場競賽的天生好手，唯有你的「眼睛看到哪裡，車子才會開往哪裡」。

——格林文化發行人　郝廣才

狗有時也會有自己的心痛，特別是走在那毛毛細雨的西雅圖。看完這本書，或許你會和我一樣，懂得「下雨天別跟狗說話」的人生哲理。

——自轉星球文化社長　黃俊隆

這是我看過最觸動我的一本書。特別的是，作者用一隻狗「恩佐」的角度來看賽車的世界，往往可以看到賽車手主人的內心，或看到一些被假象蒙蔽的事實。書裡還可以看到賽車的歷史、感情和悲劇。我想，再也沒有一本關於賽車的書，可以用這麼感性及幽默的方式呈現。熱愛賽車的你若沒看過，會非常可惜！

——台灣第一賽車手　林帛亨

能夠把信任交予另一個與自己不同的物種，需要內在極大的溫柔以及善念、堅持。這本書讓我看到一個在絕境裡的人，因爲信任而獲得重生的故事。推薦給愛狗以及愛萬物的所有人們。

——小小書房　沙貓貓

本書以「雨中賽車」比喻人生，對於我這種從很早便開始玩車、並從事此行業的人而言，的確形容得入木三分……雖然之前也不乏以賽車或車手爲題材的書，但卻沒有一本像這個故事，能讓普羅大眾都有這麼眞實且深刻的體會，讓每個人都可以從字裡行間找到一觸即發的感動。尤其欣賞作者樸實而誠懇的筆調，沒有咬文嚼字、沒有華麗辭藻也沒有矯情渲染，卻眞情流露感人肺腑。

——F1賽車主播　龔懷主（Robin）

獻給愛犬莫吉斯

靠著意志力、決心、直覺，以及經驗，你就能展翅高飛。

——巴西天才車手　艾爾頓．洗拿

1

我只能擺出各種姿勢，有時動作還非常誇張。當我的動作誇張到一個程度，是因爲我必須清楚而有效地溝通，讓人們明白我到底想表達什麼。我不能講話，更令人沮喪的是，我的舌頭天生既長且平又鬆弛，光是咀嚼時用舌頭把食物推入口就很困難了，更別提發音講話這種更爲靈巧、複雜的動作。正因爲如此，我趴在廚房冰冷瓷磚地板上，自己撒的一泡尿裡，等候丹尼回家。他就快回來了。

我老了，儘管還能活到更老，但我可不想就這樣度過餘生——打一堆止痛針和減輕關節腫痛的類固醇；視力因白內障而模糊；餐具室堆滿好幾大袋的狗尿布。我確信丹尼會幫我買街上看到的「狗輪椅」，那種小推車能在狗兒半身不遂時拖著牠的下半身。如此一來鐵定會讓我覺得羞辱，而且「狗」顏盡失。我不知道那是否比萬聖節被主人精心打扮還糟，但應該也好不到哪去。

當然，他是愛我才這麼做的。我深信，不管我這把老骨頭再怎麼支離破碎，只剩下腦子浸泡在裝有透明液體的玻璃瓶裡，一雙眼球浮在表面，依靠各式各樣的插管線路勉強維生，他仍會傾全力保住我的老命。但是我不想苟延殘喘，因爲我知道接下來會發生什麼事。

我曾在電視上看過一部關於蒙古的紀錄片，那是我所看過，除了一九九三年歐洲一級方程式賽車❶轉播之外最棒的節目了——史上最頂尖的賽車手洗拿❷，在那場比賽中證明自己是雨中賽車的天才。這部讓我獲益良多的紀錄片解釋了一切，也讓我明白唯一眞理：**當一隻狗走完他的一生之後，下一世會投胎轉世成人。**

我老以爲自己是人，也一直覺得自己跟其他狗不一樣。是啊，我是被塞進狗的身體裡，但那只是軀殼，裡面的靈魂才是眞實的我。更何況，我的靈魂非常人類。

現在我已經做好投胎轉世成人的準備，卻也清楚將失去我所有的回憶與經驗。我想將自己與史威夫特家共同生活的種種經歷帶到下一世，只可惜我沒資格發表意見，除了牢牢記住這些，我還能做什麼呢？我試著將這些烙印在靈魂深處，刻印在我的生命裡，那是一種無邊無際、無法捉摸，也無法用任何形式呈現在紙頁上的東西。直到我再度睜開雙眼，低頭望著自己嶄新的雙手，十指都可以並攏的雙手，我就已經知道一切，已然看見所有。

門被打開，我聽見丹尼熟悉的呼喊：「阿佐！」以往，我都會把疼痛擺一邊，勉強撐起身子搖尾吐舌，將我這張老臉埋向他的褲襠。此刻想要克制住前撲的衝動，需要人類般的意志力。但我做到了——我沒起身，我故意演戲。

「恩佐？」

我聽著他腳步聲中的關切，直到他找到我並低頭探看。我抬起頭，虛弱地搖著尾

巴，輕點幾下地板，繼續演下去。

他搖搖頭，用手指撫撥頭髮，放下手中裝有晚餐的塑膠購物袋。我聞到袋子裡的烤雞味，看來今晚他要吃烤雞和生菜沙拉。

「喔，恩佐。」

他邊說邊蹲下來，一如往常地撫摸我的頭，沿著耳後的摺縫摸，我抬頭舔他的前額。

「怎麼了？小子！」他又問。

我無法用肢體動作表達。

「你能起來嗎？」

我努力起身，但是非常勉強。我的心臟突然跳空，因爲……我……眞的……站不起來。我好驚慌，原以爲自己只是在假裝，但此刻卻眞的起不來。媽呀！還眞是「人生如戲」啊！

「放輕鬆，寶貝。」他邊說邊按著我胸口安慰我。「我抱著你。」

他輕柔地抬起我的身軀，環抱著我。我可以聞到他在外面跑了一天身上所殘留的味道，嗅出他做過的每一件事情。丹尼的工作，是在汽車行站櫃台，整天和顏悅色地對待咆哮的客人。客人咆哮是因爲他們的ＢＭＷ開起來不順，要修車得花很多錢，這點讓他們相當氣憤，非得咆哮才能出氣。我嗅出他今天去他喜歡的印度自助餐店吃午餐，是吃到飽的那種，很便宜；有時他還會帶餐盒去，偷偷多拿點泥爐炭火烤雞和印度香料黃米飯，帶回來當晚餐。我還聞到啤酒味，這表示他回家前去了山上的墨西哥餐廳，連呼出的氣息都有墨西哥玉米餅的味道。現在我懂了。通常我對時間的流逝很能掌握，但這回我在鬧情緒，所以沒注意到。

他輕輕把我放在浴缸裡，轉開蓮蓬頭的水龍頭說：「放輕鬆，恩佐。抱歉我回來晚了，我應該直接回家才對。但是公司的同事們堅持……我告訴奎格說我要辭職，所以……」

話沒說完，我已經知道他以爲我出意外是因爲他晚歸的緣故。喔，不，我並沒有怪他的意思。有時溝通還眞難，其中變數太多，在表達和理解之間，還得看每個人的解讀方式如何，所以事情往往變得更加複雜。我不希望他爲此感到內疚，而是要他正視眼前的狀況，那就是——他大可以讓我走。丹尼經歷過好多事，一切終於都過去了，他不需要把我留在身邊繼續擔憂。他需要我來解放他，好繼續走自己的路。

丹尼是那麼耀眼出色。他掌握事物的那雙手是如此完美，說話的嘴角弧度、直挺站立的英姿，還有細嚼慢嚥，把食物嚼成糊狀才吞下去的模樣……喔！我會想念他和小柔伊的一切。我知道他們也會想念我，但我不能讓情感誤了我的大計畫。計畫成功後，丹尼就可以自由度日，我也將以嶄新形態重返塵世，轉世成人。我會再找到他，跟他握手，讚美他多有天分，然後偷眨眼睛跟他說：「恩佐跟你打招呼。」再快速轉身離去，留他一人在背後問著：「我認識你嗎？」也許還會說：「我們以前碰過面嗎？」

洗完澡後，丹尼開始清理廚房，我看著他。他給我食物，我狼吞虎嚥；他讓我坐在

電視機前，再去準備自己的晚餐。

「看錄影帶好嗎？」他說。

「好，錄影帶。」我回答，不過他當然沒聽到我說的。

丹尼放了一捲他的賽車實錄，打開電視機和我一起觀賞。那是我喜歡的比賽之一。賽車道上本來是乾的，但就在綠色旗幟揮動後，比賽剛開始，天空跟著就下起大雨，來勢洶洶的雨水淹沒賽道，所有車子紛紛失控打滑，只有丹尼絲毫不受雨勢影響，衝出車陣，彷彿擁有魔力般驅散了車道上的雨水。就像一九九三年歐洲大賽一樣，洗拿第一圈就超越四輛車。面對舒馬克[3]、溫靈格[4]、希爾[5]和保魯斯[6]四位駕著冠軍車的冠軍車手，他彷彿著魔般地一一超越。

丹尼跟洗拿一樣厲害，但是沒人注意到他，因爲他有家庭責任要扛。他有女兒柔伊、後來病死的太太伊芙，還有我；而且他住在西雅圖，其實他應該住在別的地方才對。儘管有工作在身，有時他也會去外地贏個獎盃回來，然後秀給我看，告訴我比賽過程，說他在賽道上有多神，他如何讓來自索諾馬、德州或俄亥俄州中部的車手見識溼地駕車是怎麼一回事。

帶子播完時，他說：「我們出去吧。」於是我掙扎起身。

他抬起我的屁股，讓我身體的重量分散於四隻腳，我才得以站起來。爲了秀給他看，我用鼻子在他大腿上磨蹭。

「這才是我的恩佐。」

我們離開公寓，當晚天氣涼爽，微風徐徐，夜色清明。我們只在街上走了一下便打道回府，因爲我的屁股太痛了，丹尼看得出來，丹尼知道的。回到家，他給我睡前餅乾，我就爬進他床邊地板上屬於我的床鋪。他拿起話筒撥電話。

「麥可……」他說。麥可是丹尼的朋友，他們都是汽車行的櫃台客服人員。麥可個頭小，有雙友善、紅潤又洗得乾乾淨淨的手。「你明天可以幫我代班嗎？我得再帶恩佐去看獸醫。」

我們這陣子常常去看獸醫，拿不同的藥吃，看看能否讓我舒服點。但實際上一點幫助都沒有。既然藥沒效，再加上昨天發生的事情，所以我啓動了大計畫。

丹尼沉默了一下，再度開口時，聲音卻變了……變得粗糙沙啞，好像感冒或過敏似的。

「我不知道，」他說。「我不知道能否再把他從醫院帶回來……」

我也許不能說話，但是我聽得懂。即使是我自己啓動了計畫，此刻我對丹尼所說的話仍感到驚訝。我很訝異計畫成功了，也知道這對所有相關的人都好。丹尼這樣做是正確的。他已經爲我的一生付出了許多，我欠他的是一種解脫，並讓他有機會攀上高峰。我們曾有過美好時光，但是現在結束了，這沒什麼不對呀！

我閉上眼睛，半夢半醒地聽著他每晚睡前的例行公事，刷牙、漱口、吐水等等。人們總有些睡前習慣。有時候，他們就是改不了某些習慣。

❶一級方程式賽車（Formula One，簡稱F1）：由國際汽車聯盟（FIA）舉辦的最高等級年度系列場地賽車比賽，全名「一級方程式錦標賽」，成立於一九五〇年。比賽採用的賽車為單座四輪，敞開式座艙。F1是賽車界最重要的賽事，亦為最昂貴的體育運動，其賽車往往採用汽車界最先進的技術。F1每年會舉辦一系列的比賽，比賽場地是全封閉的專門賽道，或者是臨時封閉的普通公路賽道。每年約有十支車隊參賽，經過十六至二十站的比賽，競爭年度總冠軍。

❷艾爾頓·洗拿（Ayrton Senna）：巴西天才F1車手。一九六〇年出生於巴西，二十歲成為世界級的Karting（小型賽車）車手，一九八四年晉升世界賽車最高殿堂F1；一九八八年投效麥拉倫（McLaren）車隊，拿下個人第一個世界冠軍，此生共獲得三次世界冠軍。一九九四年義大利聖馬利諾站伊莫拉（Imola）GP賽事中，因車輛轉向系統出問題，洗拿的車子以時速近兩百公里的速度撞上護欄，傷重不治。

❸麥可·舒馬克（Michael Schumacher）：一九六九年出生於德國，堪稱賽車史上成績最輝煌的「車神」，更是首先贏得F1冠軍的德國車手。於一九九六年轉隊替法拉利車隊效力，替法拉利奪得五次年度冠軍，個人共拿下七次世界冠軍。參賽完年度最後一站巴西站後，正式宣告急流勇退離開F1賽場，結束十六年的F1傳奇生涯。

❹卡爾·溫靈格（Karl Wendlinger）：奧地利F1冠軍車手。於一九八九年嶄露頭角，當年他以一分之差拿下了德國F3的年度冠軍，在一九九一年轉戰F1，最後因撞車受傷而被迫提前結束早夭的F1生涯。

❺戴蒙·希爾（Damon Hill）：退休英國賽車手，一九六〇年生於倫敦。一九九六年F1世界冠軍，他的父親是兩度F1世界冠軍格蘭·希爾（Graham Hill），兩人為F1賽車史上第一對父子檔世界冠軍。

❻亞倫·保魯斯（Alain Prost）：生於一九五五年，法國知名F1賽車手，其駕駛風格、對賽車的了解與

熱愛被譽為賽車手典範，素有「教授」美名。曾四度獲得世界冠軍，他和洗拿的競爭是八〇年代後期到九〇年代前期F1最大的爆點所在。

2

丹尼從一堆小狗當中挑中了我。我們毛茸茸的小爪子、小耳朵和小尾巴窩在一起，住在東華盛頓區一個叫史班哥的小鎮上，一座臭牧場的穀倉後面。我不太記得我打哪來的，但是我記得我媽，她是一隻重量級母獵犬，乳房下垂晃啊晃的，我和兄弟姊妹老在院子裡追著她的乳頭跑。不過說眞的，我媽好像不太喜歡我們，她才不在乎我們是吃飽還是餓死。每當我們其中一隻被送走，她看起來就像解脫一般，因爲追著她尖叫討奶的小狗又少了一隻。

我從來不知道我爸是誰。農場上的人告訴丹尼，我爸是一隻牧羊犬和獅子狗的混種狗，但我才不信哩，因爲我從沒在農場上看過這樣的狗。儘管農場女主人爲人和善，但老闆可是混蛋一個，他會看著你睜眼說瞎話，即使說實話對他反而比較有利。他最愛費口舌瞎掰狗的品種與智商的關係，他堅信牧羊犬與獅子狗是聰明的品種，所以比較會有人想買，價錢比較好，尤其是「經過獵犬訓練之後」。他的話全是狗屁！大家都知道牧羊犬與獅子狗並非特別聰明，他們只是很會做出反應的狗，卻不會獨立思考。尤其是來自澳洲的藍眼牧羊犬，人們看到他們接個飛盤就大驚小怪。沒錯，他們看起來聰明又迅速，但其實是井底之蛙，只會墨守成規。

我確定我爸是一隻梗犬，因爲梗犬是問題解決者，他們會照你的話做（不過那也得要他們剛好想做才行）。牧場上有這麼一隻梗犬，一隻又大又兇、一身棕黑色毛的萬能梗，沒人敢惹他。他不跟我們一起待在屋後的柵欄區，獨自待在山下溪邊的穀倉，農人們修理牽引機的地方。不過有時他會上山，大家一看到他就自動讓開。有傳言說他是一隻鬥犬，牧場老闆隔離他是因爲他對擋路的狗格殺勿論，看不順眼時還會咬下對方狗頸背上的毛。當有母狗發情，他會毫不遲疑撲上去辦事，完全不管誰在看或是誰在乎。我經常想，他會不會是我的生父？我跟他一樣有棕黑色毛，長得有點結實，人們常說我一定有獵犬血統，我倒是挺樂得當自己是繼承了優良基因。

我記得我離開農場那天熱得不得了。在史班哥的每一天都好熱，我還以爲全世界都這麼熱，因爲我從來不知道什麼叫做冷。我從來沒有看過雨，不太知道關於水的事情。我只知道水就是裝在桶子裡給老狗喝的東西，也是農場老闆從水管噴出來的玩意兒，專門用來對付想打架的狗。不過丹尼來的那天特別熱。我跟同窩的兄弟姊妹像往常一樣扭打，這時有隻手伸進來抓住我的頸背，我突然被拎到半空中。

「這一隻。」有個人說。

這是我第一眼瞥見我的新主人——丹尼身材瘦長，肌肉精實，個子不是很高，但算是相當壯。他的藍眼睛熱切而清澈，短髮散亂著，不整齊的鬍子又黑又粗，看起來像隻愛爾蘭紅梗犬。

「他是這一窩的首選。」農場女主人說。她人很好，我總喜歡她把我們摟在她柔軟的腿上。「最貼心、最棒的就是他。」

「我們本來想自己留著養。」農場老闆原本在修補圍籬，此刻突然踩著滿靴子的泥巴湊進來說。他老愛說這句老詞——老天啊，我是一隻才不過幾週大的小狗，就已經聽過這句話不知道多少遍。他總是用這一招來哄抬狗價。

「你願意把他讓給我嗎？」

「就看價錢囉。」老闆說這句話時瞇著眼睛看天，太陽把藍天照得發白。「就看價錢囉。」

3

「你的腳要踩得非常輕，好比煞車踏板上放了一顆雞蛋，而你不想把蛋弄破。在雨中駕車就是這麼回事。」丹尼總是這樣說。

每當我們一起看錄影帶（從我第一天認識丹尼，我們就一起看錄影帶），他會對我解釋駕車的事（是對我解釋喔！）：包括平衡感、先發制人、耐心等重要環節；以及如何環顧四周，看到你從未注意過的事物；肌肉在運動的感覺，那種憑直覺駕車的感覺。不過我最愛聽的還是他提到關於「賽車手沒有記憶」的事——他不記得自己前一秒鐘做過的事情，不論是好是壞。因爲記憶就是把時間當成紙對摺起來，想要記得，就必須從此時此刻脫離出來。要想在賽車這行出頭，賽車手絕對不能有記性。

這也是爲何賽車手被迫錄下他們的一舉一動和每一場賽事，利用駕駛座內的攝影機、行車紀錄、輸出數據等留下紀錄，否則車手無法親眼目擊自己的偉大。這是丹尼告訴我的。他說賽車就是去做，就是活在當下，只能注意到當下的那一刻，回想是留給後來用的。偉大的冠軍車手朱利安．沙貝拉羅沙曾說：「賽車時，我的身心運作速度之快，兩者配合天衣無縫，所以我絕對不能去思考，不然一定會出亂子。」

4

丹尼帶我遠離史班哥農場，來到西雅圖雷西社區裡，一間他在華盛頓湖畔租下的小公寓。我不太喜歡住公寓，因爲我習慣寬廣的空間，而且我是一隻愛跑來跑去的小狗。不過我們還是有個俯瞰湖泊的陽台，這點倒是讓我挺樂的，畢竟我媽家族這邊是屬於喜歡玩水的狗。

我長得很快，而丹尼和我在第一年培養出深刻的情誼與信賴。因此我看到他如此迅速地愛上伊芙，不禁感到驚訝。

他帶伊芙回家，她的身上跟丹尼一樣，聞起來有甜甜的味道。兩人喝多了發酵酒之後動作奇怪了起來，靠在彼此身上，彷彿兩人都穿了太多，開始拉扯脫衣、互咬嘴唇、上下其手、亂扯頭髮，一下親手肘，一下親腳趾，親得到處是口水。他們躺到床上去，丹尼爬到她身上。這時她說：「我正在發情喔，小心點！」他說：「我正慾火焚身呢！」於是他努力辦事，直到她的手緊抓床單，拱起背，因爲狂喜而大叫。

丹尼起身去浴室淋浴時，她拍拍我杵在地板上的頭。而我當時剛滿一歲，尚未成熟，有點被剛才的尖叫聲嚇到，沒完全回神。她說：「你不介意我也愛他吧？我不會介入你們的。」

我感謝她禮貌性地問了我，但我知道她「一定」會介入我們，而且我覺得她這種先發制人的客氣非常虛僞。

我盡量別惹人厭，因爲我知道丹尼有多麼迷戀伊芙。但我得承認我不喜歡有她在場，也因爲這樣，她也不喜歡有我在。丹尼像太陽一樣，我們都是繞著他旋轉的衛星，各自爭寵。當然，她有她的優勢——她有舌頭和拇指。而當我注視她親吻或愛撫丹尼時，有時她會轉過來看我，得意地對我眨眼，好像在對我示威似的：「你看看我的拇指有多厲害！我的拇指帶給他多少快樂啊！」

5

猴子也有拇指。

猴子可以算是地球上最笨的物種了，愚蠢程度僅次於鴨嘴獸。鴨嘴獸明明呼吸空氣卻還在水底築巢，可見笨得可以，不過只比猴子稍微笨一點點。然而猴子卻有拇指，牠們的拇指應該拿來給狗用才對。我好想學艾爾．帕西諾在電影《疤面煞星》裡的模樣說：「把拇指還給我，你們這些死猴子！」（我超愛艾爾．帕西諾主演的舊片重拍電影《疤面煞星》，雖然此片比不上超經典的《教父》系列。）

我看太多電視了。丹尼每天早上出門都會幫我打開電視，久而久之變成一種習慣。他警告我別看一整天，但我還是照看不誤。幸好他知道我喜歡車，所以常讓我看賽車頻道，其中以經典賽事最好看了，我特別喜歡F1世界一級方程式賽車，也喜歡NASCAR超級房車賽❶，但我比較愛看他們比道路賽。儘管我最愛看賽車，不過丹尼告訴我人生應該要有變化，所以常常幫我轉其他頻道，我也看得津津有味。

如果我看的剛好是歷史頻道、探索頻道或是公共電視，甚至是某個兒童頻道（柔伊還小的時候，我整天聽兒歌聽到快要發瘋），我會從中學到不同的文化或是生活方式，而後開始思索我在這個世界上存在的意義，以及這個世界上一切有意義與無意義的事物。

電視上常常講到達爾文，幾乎每個教育性質頻道多少都會有關於進化論的節目，而且內容通常都構思縝密，經過徹底研究。不過，我不懂爲何人們老愛將進化與創造的概念強加在彼此身上，他們爲何看不出來唯心論和科學其實是同一件事？所謂身體進化，心靈也會進化，而宇宙是一個流動的空間，宇宙讓身心結合成一個完美的組合，我們稱該組合爲人類。這種想法有什麼不好？

科學理論家老愛提什麼猴子是人類在進化史上最親近的親戚。但那只是揣測，有何根據呢？難道是因爲有人挖出遠古時期的頭骨，與現代人類的頭骨很類似？那又能證明什麼？難道是因爲某些靈長類用兩隻腳走路？有兩隻腳算什麼優勢，你看看人類的腳，盡是彎曲的腳趾，一堆死皮的堆積，還有指甲內彎造成的化膿，指甲的硬度甚至還不足以挖地。（不過，我仍十分嚮往有一天我的靈魂可以棲息在這些設計不良的兩隻腳動物身上，屆時我也可以像人類一樣注意身體健康。）如果人眞的是從猴子進化而來，那又如何？人是從猴子還是魚類進化而來並不重要，重點是當那個軀體有了足夠的「人味」之後，靈魂就會立刻轉身去投胎。

我來提供你們一個理論：與人類血緣最近的親戚，不是像電視上說的那樣，不是黑猩猩，正確答案應該是狗。請聽聽我的邏輯。

論點一：無機能趾

我認為所謂的「無機能趾」（長在小狗前腳、通常早期就會被摘除的懸空腳趾），實際上是拇趾退化的證據。而且，我相信人類是透過「選擇性培育」這種費心機的過程，有系統地讓某些狗的品種沒了拇趾，目的就是為了預防狗兒進化成為靈巧、進而「具有威脅性」的哺乳類動物。

我還相信人類持續「馴養」（若你眞要用這種愚蠢的婉轉說法）狗隻，其背後的動機是恐懼：深怕放任狗兒自行進化，他們會發展出拇指和稍小的舌頭，進而在物種進化上勝過人類。至於人類，則是動作慢又笨重，兩隻腳還站得直挺挺的。這也是為何狗兒要活在人類不斷的監視之下，一旦被發現自力更生就會被立即處死。

丹尼跟我講過政府和其內部運作的情況，所以我相信這種下流的計畫正是出自白宮內的黑手，可能是總統手下某個邪惡顧問，其人格和智商都大有問題。有人向高層提出了似是而非的評估（不幸的是，這項評估出自於一種偏執狂的恐懼而非心靈上的遠見）：「所有的狗在社會事務方面都有積極的傾向。」

論點二：四隻腳走路的狼人

每到滿月，濃霧聚集在雲杉樹最低層的樹枝附近，這時有人從森林最黑暗的深處走出來，發現自己變成……一隻「猴子」？

拜託！電影才不是這樣演呢！

❶ NASCAR：北美超級房車賽（The National Association For Stock Car Auto Racing）。採用改造後的房車進行比賽，速度沒有F1快，在全世界的影響力也遠遠不及F1，但在美國卻是一項無限風光的賽事，收視率甚至超過NBA球賽和棒球聯賽，將賽車運動帶入一個革命性的時代。

6

她的名字叫伊芙，一開始我好恨她改變我們的生活。我恨丹尼一直注意她的小手，以及她豐滿圓潤的小屁股。我恨他凝視著她那雙溫柔碧眼的神情——那雙綠眼睛從時髦的金髮瀏海下探出。難道我嫉妒她足以掩飾一切缺點的迷人微笑？也許是吧。因爲她是人，不像我是隻狗；她精心打扮，哪像我……很多她有的我都沒有。比方說，我許久才剪一次毛或洗一次澡，她每天洗澡，而且還有一個人專門幫她染髮，染成丹尼喜歡的樣子。我的指甲長到會刮壞木質地板，她則經常修剪、磨光，確保指甲的形狀與大小符合美觀。

伊芙對儀表的專注也反映在個性上。她不可思議地有條理，天生吹毛求疵，一天到晚在列表，忙著寫下待辦事項，常常幫我和丹尼製作「愛的課表」，所以我們週末不是去居家修繕大賣場，就是在喬治城資源回收站排隊。我不喜歡油漆房間、修理門把、清洗紗窗，但顯然丹尼爲了領取獎賞（通常包括很多的磨蹭和愛撫），倒是樂在其中，因爲她交代的事情越多，他就越快做完。

伊芙搬來跟我們住之後不久，他們就舉行小型婚禮，我連同他們的好友以及伊芙的家人一同出席。丹尼沒有兄弟姊妹可以邀請，至於父母的缺席，他只說他們不愛出遠門。

伊芙的父母向前來參加的人說明，婚禮舉行的地方是他們未能出席婚禮的密友所有。那是惠德比島上一間可愛的海灘小屋。我必須遵守嚴格規定才能參加：不能在沙灘上亂跑或在海灣裡玩水，因爲我可能把沙子帶到昂貴的桃花心木地板上；還有，我被迫在指定的回收垃圾桶旁撒尿解便。

我們從惠德比島回來後，我發現伊芙在我們的公寓裡多了一份權威，而且比較敢公然搬移東西，像是毛巾、床單，甚至家具。她就這樣進入了我們的生命並改變了一切。然而，儘管她的介入讓我不開心，她身上卻有某樣東西讓我無法眞正發飆——我想，應該是她日漸腫起來的肚子。

問題就出在伊芙要休息時側躺下來那吃力的模樣。她脫掉上衣和內衣後躺在床上，兩個沉甸甸的乳房分別往兩側垂倒。這讓我想起我媽媽在餵奶時，一邊嘆氣一邊趴在地上，舉起腿露出奶頭給我們吸的情景，那模樣彷彿在說：「這是我餵養你們的工具，快點給我吃！」我非常厭惡伊芙把全部注意力放在未出世的嬰兒身上，不過回想起來，我發現自己從沒有給她一個讓她可以同樣全神貫注在我身上的理由。或許這是我的遺憾，我喜歡她懷孕的樣子，但我知道自己絕不可能獲得她同等的關愛，因爲我永遠不會是她的孩子。

她在孩子出世前就已經全心全意在孩子身上。她經常透過緊繃的皮膚觸摸孩子；她

對孩子唱歌，隨著自己放的音樂起舞；她發現喝柳橙汁會造成胎動，所以常常喝，還一邊對我解釋健康雜誌上寫說喝橙汁可補充葉酸。但是她跟我都明白，這樣做其實是爲了讓胎兒踢她。有一回她問我想不想知道那種感覺，我點頭，所以她喝了橙汁後把我的臉貼在她肚子上。我眞的感覺到胎動，我想那是胎兒的手肘正倔強地往外推，好像從墳墓裡伸出手一樣。我實在很難想像那裡面到底是怎麼回事，伊芙的神奇育兒袋裡藏了一隻小兔子。不過我知道她體內的東西與她是分離的，它有自己的意志，想動就動（或是被酸刺激的時候），那是她無法控制的。

我仰慕女性，她們孕育了生命，在一個身體裡面載負另一個完整個體，眞是不可思議。（我所謂的「載負」並不包括蟲在內。我的體內曾經有過蟲，那眞的不能算是另一個生命體，那是寄生蟲，而且本來就不應該在體內。）伊芙體內的生命是她製造的，是她跟丹尼一起製造的。我當時曾經暗自希望，寶寶會長得像我。

記得寶寶來臨的那天，我剛成年——依日曆算來我是兩歲大。丹尼人在佛羅里達州的戴通納，爲了他賽車生涯中重要的一役奮鬥。他花了一整年拉攏贊助商，不停地懇求、拜託、催促，直到有一天終於走運，在某家旅館的大廳找到對的人，那人說：「你有種！明天打電話給我。」就這樣，他找到尋覓許久的贊助金，獲得勞力士戴通納二十四小時耐力賽的參賽資格。

耐力賽可不是給軟腳蝦玩的。四個車手各花六小時，輪流駕一輛噪音大、馬力猛、難駕馭又昂貴的賽車，這項運動需要協調性與決斷力。戴通納二十四小時耐力賽有電視轉播，這個比賽因爲無法預測賽況而更顯得刺激。丹尼在女兒出世的同一年獲得賽車機會，這是值得大書特書的巧合：伊芙因爲兩件事不幸撞在一起而沮喪，丹尼則慶幸這種大好機會夫復何求。

比賽當天，儘管離預產期還有一個多星期，伊芙因爲感到陣痛而打電話給助產士，他們趕緊衝進我們家掌控局面。當晚，丹尼正完全投入在戴通納賽車並且領先的同時，伊芙俯趴在床邊站著，兩個圓滾滾的女士扶著她的手臂助她使力。她像野獸一樣吼叫了一小時後，擠出一個血淋淋的小肉球，抽筋似的蠕動，然後大哭。女士們扶伊芙躺回床上，讓這個紫色的小東西趴在她胸前，直到那張搜尋的小嘴找到伊芙的乳頭，開始吸吮。

「可以讓我一個人休息一下嗎？」伊芙說。

「當然可以。」其中一位女士說著往門口移動。

「跟我們走，小狗狗。」另一位女士離開前對我說。

「不，」伊芙阻止她們。「他可以留下。」

我可以留下？我忍不住感到無比驕傲，自己竟可以被列入伊芙的親友圈裡。兩位女士匆忙去處理善後，我則目不轉睛地盯著伊芙餵她的新生兒。幾分鐘後，我的注意力從嬰兒的第一餐轉移至伊芙臉上。我看到她在哭，但我不知道原因。

她空出來的那隻手垂放在床邊，手指靠近我的嘴鼻。我猶豫了一下，我不想假設她是在召喚我，但是這時她的手指動了一下，而且眼神接觸到我的目光——我知道她在叫

我。我用鼻子碰了她的手，她抬起手抓抓我的頭，一邊流著淚，嬰兒一邊吸奶。

「我知道是我叫他去的，」她對我說。「我知道是我堅持要他去賽車的，我知道。」淚水從她的雙頰流下。「但是我好希望他人在這裡！」

我不知所措，但我知道自己不該亂動，她需要我陪伴。

「你可以答應我永遠保護她嗎？」她問。

她不是在問我，她是在問丹尼，而我只是丹尼的替身。但我還是覺得自己有義務。我知道身爲一隻狗，不可能完全如我所願與人類產生眞正的互動，但是在那一刻我明白，我可以超越狗的身分，我可以滿足我周邊人類的需求，我可以在丹尼不在的時候安慰伊芙，也可以保護伊芙的嬰兒。一向企求更多的我，也因此找到一個自己可以使上力的地方。

第二天，丹尼從佛州戴通納回到家，他並不開心，不過一抱起他的小女兒心情立刻轉變。他們爲她取名柔伊，不是以我的名字命名，而是伊芙祖母的名字。

「你看到我的小天使沒，恩佐？」他問我。

我「看到」她沒?我還幫她「接生」呢！

丹尼回來後偷偷溜進廚房，感覺如履薄冰。伊芙的父母——麥斯威爾和崔許——自柔伊出世後就來家裡幫忙照顧女兒與剛誕生的孫女。我稱他們爲「雙胞胎」，因爲他們看起來如出一轍，頭髮染一樣的顏色，永遠穿情侶裝（卡其褲或是聚酯纖維製成的休閒褲），配上毛衣或馬球衫；若其中一個戴了太陽眼鏡，另一個也會戴；穿百慕達短褲和及膝長襪的時候也一樣。還有，他們身上都有化學味道，是塑膠及石化美髮產品的味道。

雙胞胎責備伊芙在家生產，他們說她是在危害孩子的利益，而且在這種年代，不去昂貴、知名的大醫院生產就是不負責任。伊芙試圖解釋，就一個健康的母親來說，統計數字顯示的結果正好相反，如果有任何危險跡象，她那兩位有經驗、有執照的助產士也會及早發現。可是他們聽不進去。伊芙很幸運，因爲丹尼回家後代表雙胞胎可以轉移他們的注意力，轉而去叨唸丹尼的缺失。

「眞是太倒楣了。」麥斯威爾對著一起站在廚房的丹尼說。不過麥斯威爾是在幸災樂禍，這我聽得出來。

「你有拿回一些錢嗎？」崔許問道。

我不知道丹尼爲何心煩意亂。直到麥可當晚稍後來家裡跟丹尼一起喝啤酒，我才明白。結果是，丹尼原本排賽車的第三棒，車子跑得很順，一切狀況都不錯，他們暫居第二，而丹尼本來可以在傍晚進入夜間賽事時取得領先地位，沒想到第二棒車手在第三圈時撞上牆。

他是在戴通納車隊的車子疾速超車時撞牆的。賽車的首要規則：絕對不要讓位給想超車的車手，要讓他自己超過去。但是丹尼隊上的這位車手把車閃開，結果輾過賽道旁掉落的輪胎橡膠碎片，車尾打滑後疾速撞上牆，車子裂成百萬個小碎片。

所幸那位車手沒事，但是他們這隊可就玩完了。花了一年好不容易獲得上場機會的

丹尼，就站在場內，穿著貼滿贊助商標籤的酷炫賽車服，頭戴自己的幸運頭盔，裡面裝有各種無線電裝備、排氣設備以及碳纖維頭頸保護裝置，眼睜睜看著一生難得的機會就這麼偏離跑道給撞飛了，出車禍的車手被綁在擔架上送醫搶救，而他連坐進賽車開一圈的機會都沒有。

「你的錢都拿不回來嗎？」麥可問。

「這我一點都不在乎，我本來應該在這邊陪產才對。」丹尼說。

「她提早生產，這你又不能預知。」

「我可以，」丹尼說。「如果我有盡到責任的話，我人就應該在這裡。」

「不管怎麼說，」麥可舉起啤酒瓶說，「敬柔伊。」

「敬柔伊。」丹尼附和。

敬柔伊，我也對自己說。一個我要永遠保護的人。

7

當家裡只有丹尼跟我在的時候，丹尼光是利用空閒時間打電話給客戶，一個月就可以賺到一萬美金，就如廣告所說的一樣。但是伊芙懷孕後，丹尼只能在專為昂貴德國車服務的高級車廠站櫃台。丹尼喜歡他的正職工作，但是工作占去了他所有時間，他再也沒空陪我。

每逢週末，丹尼有時會去教高性能駕駛訓練班。那種駕訓班是由當地為數眾多的汽車俱樂部主辦，像是BMW、保時捷、愛快羅密歐。他都會帶我去訓練場地，我也很喜歡跟。他不是很喜歡教課，因為當老師沒什麼機會開車，只能坐在乘客座位教人家如何駕車。他說那根本不夠付他開車去那邊教課所花的油錢。他幻想自己能夠搬家，搬到索諾馬、鳳凰城、康乃迪克或是賭城拉斯維加斯，甚至是歐洲。他想去其中一所知名學校，好爭取更多駕車機會，但是伊芙說她不覺得自己離得開西雅圖。

伊芙在一家大型服飾零售公司上班，因為這樣我們才有錢和健保，而且她買衣服給家人可以拿員工價。她生下柔伊幾個月後就回去上班，即便她很想在家帶孩子。丹尼說他可以放棄工作在家照顧柔伊，但是伊芙說那樣不切實際，於是只好每天早上送柔伊到

托兒中心，晚上下班再接回家。

白天丹尼和伊芙都去上班，柔伊在托兒中心，只剩我一個在家。在大部分無聊的日子裡，我都是孤單一個在公寓各個房間晃來晃去，這裡瞇一下，那裡打一下盹。有時我只是望著窗外，數著街上駛過的公車，看我能否破解公車的發車時刻表。我本來沒意識到自己有多麼喜歡柔伊剛出生的前幾個月，家裡亂哄哄的樣子。我真的覺得自己也是其中一份子，我是娛樂柔伊的一份子。有時柔伊喝完奶還很清醒、沒有睡意，安全地綁在嬰兒椅上，這時伊芙和丹尼會玩起扮猴子的遊戲，在客廳裡丟擲襪子球。猴子就交給我來扮，襪球擲出後我會跳起來，然後爬過去撿，像個四腳小丑一樣手舞足蹈。有時候，我碰巧用口鼻把襪球撞彈起來飛在半空中，柔伊會尖叫大笑，用力踢腳，把嬰兒椅踢到移位。這時伊芙、丹尼和我便會笑成一團。

但是後來大家各自過活，沒人有空理我。

我在寂寞、空虛中度日。我會對著窗發呆，想像柔伊和我一起玩「恩佐接」的遊戲，那是我發明的遊戲，名字是她取的。丹尼或伊芙會幫她捲一個襪球，或是拋出她的一樣玩具，我會用口鼻把它推回去給她，逗得她咯咯大笑，而我會搖搖尾巴，再來一次。直到有一天，有個幸運的意外改變我的生命——丹尼早上打開電視看氣象報告，忘了關電視。

事情是這樣的：氣象頻道不只有氣象，還有「全世界」！它講的是氣象如何影響全人類、全球經濟、健康、快樂、心靈。該頻道深入探索各式各樣的氣候現象，包括龍捲風、颶風、旋風、雨季、冰雹、降雨、暴風雨等，其中又特別提及各種現象的交互影響，實在太引人入勝了，所以直到丹尼晚上下班回到家，我還黏在電視機前。

「你在看什麼？」他進門時問我，好像當我是伊芙或是柔伊，彷彿看到我在看電視或是這樣對我說話是再自然不過的事情了。但是伊芙人在廚房做晚餐，柔伊跟她在一起，所以現場只有我。我看看他，然後轉回來看電視，當時電視正在回顧當天重大事件：東岸因為暴雨而淹水。

「氣象頻道？」他不屑地說，一邊拿起遙控器轉台。「來。」

他轉到賽車頻道。

我在成長過程中看了很多電視節目，但都是陪人看的。丹尼和我喜歡一起看賽車和電影頻道，伊芙和我看音樂錄影帶與好萊塢八卦，柔伊和我看兒童節目。（我曾經試著看《芝麻街》學認字，但是沒有用。我可以稍稍認得幾個字，例如門上的「拉」和「推」字樣我還可以分辨，但是等我搞清楚字母的形狀，還是無法掌握每個字母的發音，以及為什麼要那樣發音。）但是，突然間，「我自己一個」看電視這回事進入了我的生命！如果我是卡通人物，這時頭上應該會有個燈泡亮起來。我看到螢幕上的賽車畫面時興奮地吠叫。丹尼笑了。

「好看多了吧？」

是啊！好看多了！我用力伸直身子，非常高興，使勁躺在地上翻身又狂搖尾巴，這都是為了表現我的快樂與贊同。丹尼懂我的意思。

「我不知道你那麼愛看電視，白天我可以開電視給你看，如果你要的話。」他說。

我要！我要！

「但是你得克制一下，我不想逮到你整天都在看電視。我要你自己負責。」他說。

我超會負責的！

當時我三歲，已經學到了不少東西，不過一直到丹尼打開電視給我看，我的教育才算眞正開始起飛。每逢週末，當我們一家人在一起，時間過得飛快又緊湊，週日晚上我最大的安慰就是期待接下來一週的電視節目。

我太專注於我的教育，以至於不知道自己在看電視中過了多少時間，所以柔伊過第二次生日時我嚇了一跳，我突然發現自己身處公寓派對之中，一堆她在公園及托兒中心的朋友來幫她慶生。派對吵鬧又瘋狂，所有孩子都要我跟他們玩，我們在地毯上滾鬧，我還讓他們幫我穿戴帽子和上衣，柔伊稱我爲她的哥哥。地板上都是檸檬蛋糕，我還得幫伊芙清理，而丹尼則跟孩子們一起拆禮物。我很欣慰看到伊芙心甘情願地清理收拾，因爲她有時會埋怨我們把公寓弄髒。她取笑我用舌頭舔乾淨的手法，我們還比賽誰清理得快——她用她的清潔用品，我用我的舌頭。等大家都走了，我們也清理完畢，這時丹尼有個大驚喜要送給柔伊當生日禮物。他給她看了一張照片，她只瞄了一下，但是當他給伊芙看同一張照片時，伊芙哭了，接著破涕爲笑擁抱丹尼，然後再看照片，又哭了。

丹尼拿照片給我看，那是一張房子的照片。

「恩佐，你看，這是你的新院子。興奮嗎？」他說。

我想我是興奮的。實際上，我有點困惑，我不了解其中的暗示。然後大家就開始打包裝箱，忙得不可開交，接下來我所知道的就是我的床整個被搬到別的地方。

那房子還不賴，滿有設計感的，就像我在電視上看到的那種，有兩間臥室和唯一一間浴室，不過活動空間很大，坐落在中央區的山坡上，與鄰戶相近。屋外街道上的電線桿有很多電線垂落，我們的房子看起來乾淨整齊，但是有些鄰近的房子草坪沒有修剪，油漆剝落，屋頂還生苔。

伊芙和丹尼愛上這個地方，他們第一天晚上幾乎整晚光溜溜地在每個房間打滾，除了柔伊的房間以外。當丹尼下班回家，他會先跟女生打招呼，然後帶我去院子玩球，我很愛玩球。等柔伊長大一點，當我假裝要追她時，她會邊跑邊尖叫。然後伊芙會訓斥她：「不要跑，恩佐會咬妳！」柔伊剛出生的頭幾年她常這樣說，感覺對我有所疑慮，但有一次丹尼很快反駁她：「恩佐不會傷害她的，絕對不會！」沒錯！他說得對。我知道我跟其他狗不一樣，我有較強的意志力可以克制我的原始本能。但伊芙講得也沒錯，大部分的狗是克制不了的，他們看到有動物在跑，就會忍不住想從後面追上去，但是那種事情不會發生在我身上。

不過伊芙並不知道這一點，我也沒辦法向她開口解釋，所以我從來不對柔伊粗暴。我不希望伊芙開始瞎操心，因爲我已經嗅出那種味道——當丹尼不在，伊芙蹲下來拿我的碗餵我吃飯時，我的鼻子靠近她的頭，偵測到一股怪味道，聞起來像是腐木、蘑菇、腐敗的味道。溼溼、悶悶的臭味，來自她的耳朵和靜脈竇。伊芙的腦袋裡面長了怪東

西。

要是我可以說話，我就能早早警告他們，在他們用機器、電腦和內視儀器檢查伊芙的頭部之前，提醒他們注意她的狀況。他們以爲機器很精明，事實上機器笨重又不靈活，而且非得等到人病倒了才查得出來。以徵兆爲導向的機器總是慢一步，而我的鼻子——是的，我那皮革般的可愛黑色小鼻子——可以嗅出伊芙腦內的病變，而且早在她知道自己有病之前。

但是我不能講話。所以我只能眼睜睜地袖手旁觀，徒感遺憾。伊芙交代我無論如何要保護柔伊，但是沒人被指派要保護伊芙，而且我對她也無能爲力。

8

一個夏日週六，早上我們在阿爾基海灘游泳，然後在史巴德餐廳吃炸魚、薯條，大家被太陽曬得又紅又累後回家。午後伊芙讓柔伊睡午覺，丹尼和我坐在電視機前面做功課。

他放了一捲幾週前在波特蘭與人合作的耐力賽錄影帶，那是一場刺激的比賽，賽程長達八小時，丹尼和他的兩個搭檔輪流各開兩小時，最後靠著丹尼的英勇表現拿下排名第一。他不但搶救了差點打滑的危機，還超越兩名排名選手。

用車內錄影帶看整場比賽眞是超棒的經驗，那種臨場感是電視轉播不出來的，因爲現場有很多鏡頭和車輛要捕捉。從單人駕駛座內看賽車，才能讓你眞正體驗當車手的感覺：抓方向盤、踩油門、搶跑道、從後視鏡看其他車子正在超車或是被超車、一個人關在駕駛座內，以及贏得比賽所必備的專注與決心。

丹尼從他最後一棒的比賽開始播放錄影帶，跑道是溼的，天空烏雲密布，看似還要下雨。我們靜靜地看了好幾圈。丹尼開得很順，而且幾乎是一個人落在後頭，因爲他的車隊做了重大決定——進站停車換上雨胎。其他車隊預計雨會停，賽車道會再度變乾，

所以已經領先丹尼的車隊超過兩圈，但是後來又下起雨，這讓丹尼占了很大優勢。

丹尼迅速輕易地超越其他賽車，包括動力不足但轉彎時平衡感超優的馬自達 Miata，大引擎但操作蹩腳的 Viper。丹尼駕著他敏捷威猛的保時捷，疾速穿梭雨中。

「爲何你走彎道可以比別的車子快那麼多？」伊芙問。

我抬起頭看到她站在房門口，跟我們一起看。

「他們大部分都不是用雨胎。」丹尼說。

伊芙走到丹尼身旁的沙發坐下。

「但有些人是用雨胎。」

「是的，有些人是用雨胎。」他說。

我們繼續看。丹尼在直道盡頭緊追一輛黃色 Camaro，雖然看似可以在第十二彎道超越他，但他卻沒超。伊芙注意到了。

「你爲何不超過他？」她問。

「我知道他。他馬力太充足，回到直道他又可以超越我。我想在接下來的幾個連續彎道超越他。」

是的。在下一個彎道，丹尼距離 Camaro 的後保險桿只有幾英寸。他在連續彎道右轉時緊貼前車，然後在出彎道時搶到內線，在下一個緊急左轉彎道超車過去。

「這一段彎道下雨時眞的很滑，他必須放慢。等到他抓回速度，我已經跑遠了。」他說。

車子再度來到直道，下一個彎道警示燈亮起，燈光照映著尚未完全暗下來的天空，從丹尼賽車用的全景後視鏡裡還看得到 Camaro 的蹤影，慢慢消失在背景中。

「他有用雨胎嗎？」伊芙問。

「我想是有的。但是他的車有問題。」

「但是你開車的樣子彷彿車道不是溼的，其他人就沒那麼快。」

現在來到第十二彎道，然後接直道。我們看到前面一輛賽車的煞車燈在閃，他是丹尼的下一個受害者。

「你的心，決定你所看見的。」丹尼輕輕地說。

「什麼？」伊芙問。

「我十九歲時，」丹尼過一會兒說，「在西爾斯點公路上我的第一堂駕駛課，當時在下雨，教練教我們如何在雨中駕車。等教練們解釋完祕訣後，所有學生都一頭霧水。我看看旁邊的同學——我記得他，他來自法國，非常敏捷，名叫加貝爾．福魯黑。他笑著說：『你的心，決定你所看見的。』」

伊芙嘟著嘴，眯眼看丹尼。

「然後一切就都清楚了？」她開玩笑說。

「沒錯。」丹尼正經地說。

雨一直下不停。丹尼的車隊做了正確的決定，其他車隊現在才開始進站換雨胎。

「車手都怕雨，」丹尼告訴我們。「雨會放大你的錯誤，賽道上的雨水讓車況變得

不可預測。當無法預測的事情發生，你必須做出反應。如果你反應在速度上，那就太慢了，所以你『應該』要害怕。」

「我光是用看的就怕了。」伊芙說。

「如果我有意讓車子怎麼樣，我可以預期車子的反應。換句話說，唯一無法預測的時候，就是當我失去『控制』的時候。」

「所以你在車子自己打滑之前先讓車子打滑？」她問道。

「對！如果我先發制人，如果我讓車子的抓地力鬆懈一點，那麼，在車子打滑前我就知道它會打滑，然後我甚至可以在車子反應之前就先做出反應。」

「你辦得到？」

在電視螢幕上丹尼不斷超越其他車，這時他的車尾突然甩出，車子有點偏向一邊，但是他的手已經在校正，所以他的車不但沒有打滑，反而又往前衝，甩開其他車。伊芙鬆了一口氣，用手撐著自己的前額。

「有時候我辦得到，」丹尼說。「所有的車手都會打滑，那是因爲要超越極限的緣故。不過我在想辦法克服，我總是在想辦法，而那天我還眞厲害。」

伊芙又跟我們坐了一會兒，然後勉強對丹尼笑了一下，便站起來。

「我愛你，」她說。「我愛全部的你，甚至包括你賽車這件事。我知道某種程度而言，你在這件事情上是完全正確的。我只是不認爲我自己做得到。」

伊芙走進廚房，丹尼和我繼續看賽車錄影帶，看他們在漆黑的雨中繼續繞圈圈。

我永遠不會厭倦與丹尼一起看影帶。他懂得很多，我跟他學了不少。後來他不再跟我說話，繼續看他的錄影帶。但是我開始思索他剛剛教我的事情。這麼簡單的概念，卻是那麼眞切——你的心，決定你所看見的——我們是自我命運的創造者，不管是出於意願或無知，我們的成功和失敗都不是別人招致的，而是自己。

我思索如何把那句話用在我跟伊芙的關係上。我的確是有點恨她闖入我們的生活，我知道她也清楚我的情緒，並以冷淡的態度自我保護。即使我們的關係在柔伊出生後大有改善，但我們之間仍有距離。

我離開看電視的丹尼走進廚房。伊芙正在準備晚餐，我進去時她看著我。

「看膩比賽了？」她隨口一問。

我才不膩哩，我可以看一整天的比賽，第二天再看一整天也沒問題。我現在是在表現一件事情——我趴在冰箱旁邊休息，一個我最喜歡的位置。

我看得出來我的在場讓伊芙不自在。通常丹尼在家的話，我都待在他旁邊，現在卻選擇跟她在一起，這讓她感到困惑。她不懂我的意圖，但是當她開始動手做晚餐，就忘了我的存在。

伊芙先是煎漢堡，聞起來好香。然後她洗好生菜瀝乾，接著切蘋果。她在鍋中加入洋蔥、大蒜和一罐番茄。廚房裡瀰漫食物的香味，再加上天氣炎熱，我不禁昏昏欲睡。我想我應該是打瞌睡了，後來我感覺到她的手在摸我，輕撫我的側身，然後搔我的腹部。我在地上翻身表示臣服，我得到的獎賞是伊芙給我更多安撫性質的抓搔。

「乖狗狗，」她對我說。「乖狗狗。」

伊芙回去準備晚餐，偶爾走過我的時候用光腳丫磨蹭我的脖子，這樣雖不算什麼，但是對我來說意義重大。

我一直想如丹尼愛伊芙一樣地愛她，但是我沒那麼做，因爲我害怕。她就是我的雨。她對我來說是無法預測的部分，她是我的恐懼。但是一個賽車手不應該怕雨，賽車手應該擁抱雨。「你的心，決定你所看見的」這句話也可以用在我自己身上。藉由改變我的心情、我的活力，我可以讓伊芙對我刮目相看。我不敢說我是自己命運的主人，但我可以說這樣做讓我體驗到一絲絲自己作主的感覺，而且我知道我該怎麼做。

9

我們搬到新家幾年後，發生了一件非常可怕的事情。

丹尼在沃特金斯格倫拿到參賽資格，那是另一場耐力賽，不過他參加的是一個很有規模的車隊，所以不必自己找全額贊助。那年稍早在春季的時候，他去法國參加雷諾方程式計畫，那是一個他付不起的昂貴計畫。丹尼告訴麥可說，是他父母出錢送他去的，但是我很懷疑。他的父母住在遠方小鎮，我也從沒看過他們來。無論婚禮、柔伊出生或是任何事情，他們都沒有出席，不管什麼場合都不見人影。不管資金來自何處，丹尼去參加了該項計畫，結果他大顯身手，因為春天的法國在下雨。丹尼告訴伊芙，一段賽事結束後，有個專跑這種場子的星探來找他談：「你跑乾的場地會像跑溼的場地一樣快嗎？」丹尼直視他的眼睛簡單回答說：「試試看。」

你的心，決定你所看見的。

星探讓丹尼試賽，丹尼去了兩週，進行測試、轉彎和練習。丹尼表現得超好，真是了不起！所以得到了沃特金斯格倫耐力賽的參賽資格。

當他第一次出發去紐約，我們一家四口相視而笑，因為大家都迫不及待要在賽車頻

道上看他比賽。

「好刺激喔。」伊芙咯咯笑。「爹地是專業賽車手喔！」

而柔伊，這個我愛死了而且絕對捨命保護的小寶貝，興高采烈地跳上擺在客廳的小賽車，一直開車轉圈轉到我們頭昏爲止，然後高舉雙手大叫：「我是冠軍！」

我實在太興奮了，忍不住做出很白癡的動作——像是亂挖草坪，把自己捲成一團然後在地板上拉長身子、伸直腿、拱起背讓他們搔我的肚子。而且我還猛追東西，天啊！我竟然也會像其他狗一樣亂追一通！

那眞是一段美好的時光啊，眞的！

但隨之而來的就是最糟糕的日子。

比賽當天，伊芙醒來時烏雲罩頂，一大早她站在廚房裡痛苦難耐，當時柔伊還沒醒，伊芙對著水槽狂吐，她吐到好像內臟都要吐出來了。

「我不知道我哪裡有毛病，恩佐。」她說。伊芙很少那麼坦白地跟我說話，口氣就像丹尼對我說話時一樣，好像當我是眞正的朋友，心靈的知己。上一次她這樣跟我說話是在柔伊出生的時候。

不過這次她是眞的把我當成知己。她問：「我到底哪裡有毛病？」

她知道我不能作答。她的問題其實是不必回答的反詰句，那也是我爲何非常沮喪的緣故：因爲我有答案。

我知道哪裡出了問題，但是我沒辦法告訴她，所以用我的口鼻推推她的大腿，把臉埋進她的兩腿間。我停在那裡，心裡非常害怕。

「我覺得有人正在敲碎我的腦袋。」伊芙說。

我無法回答，我不會講話，完全幫不上忙。

「有人正在敲碎我的腦袋，」她重複說。

很快地，在我的注視下，伊芙開始收拾東西，她塞了一些她和柔伊的衣服到袋子裡，還有牙刷。一切發生得很快。她叫醒柔伊，把她的小腳塞進小鞋子，然後砰的一聲，門關上了。接著我聽到門鎖上的聲音。她們走了。

而我沒跟上。我在家裡，我被留在家裡。

10

在理想情況下，駕駛應該掌控周遭的一切，這是丹尼說的。在理想情況下，駕駛應該百分之百駕馭他的車子，好在打滑發生前進行校正，掌握所有可能的狀況。但我們不住在理想世界，我們的世界裡，驚奇偶爾會發生，錯誤會發生，與其他駕駛的擦撞也會發生，所以駕駛必須時時做出反應。

丹尼說，當一個駕駛做出反應時，必須記住車子的關鍵在於輪胎。如果輪胎失去摩擦力，其他都免談。管他什麼馬力、扭力、煞車，一旦打滑，這些也都無濟於事。等到車子的速度被摩擦力抵銷，輪胎才恢復抓地力，否則駕駛完全拿賽車的衝力沒轍。而衝力是自然界中一股偉大的力量。

駕駛必須了解這一點，壓抑他的本能反應──當車尾甩出去的當下，駕駛可能會驚慌，把腳抬離油門。但如果他這麼做，就會把車子的重量全部丟給前輪，車尾會失控，車子就會打轉。

一個好的駕駛會把輪胎朝車子行進的方向轉，進而校正打滑。但是，在關鍵時刻，打滑也有打滑的目的，也就是讓跑得太快的車子減速。車子慢下來後，等輪胎突然抓到地面，駕駛會重拾輪胎的摩擦力。但不幸的是，前輪會突然轉錯方向，導致反向打滑，讓整輛車子失去平衡。所以一旦車子往一個方向打滑，經過校正後，又會朝另一個方向打滑，而且第二次打滑會更快速也更危險。

不過，如果駕駛在輪胎剛失控時，憑經驗抗拒本能的抬腳反應，就有機會運用他對汽車行爲的理解，反而對油門「加壓」，同時盡量放鬆抓方向盤的力氣。踩油門加速可以讓後車輪上道，穩住車子；放鬆方向盤可以減少側面的重力作用——如此就可以校正打滑。但是駕駛接下來還要處理他的校正所引發的第二個問題：因爲轉彎半徑增加，可能有衝出跑道的危險。

喔，不！我們的駕駛不會想遇到這種狀況的！不過他還是穩穩掌控著他的車子，他還是可以用正面態度回應，毫髮無傷地完成比賽，畫下完美句點。而且，情況好的話，他還會贏得比賽。

11

我突然被牢牢鎖在房子裡，但並不驚慌。我沒有反應過度或是嚇到傻眼，反而迅速謹慎地掌握情況：伊芙病了，且病情可能影響她的判斷，所以她應該不會回來看我，而丹尼兩天後就會回家了。

我是一隻狗，我懂得如何禁食，但我非常不屑這種基因。神給了人類大腦，卻奪走了他們腳上的肉墊，讓他們容易感染沙門氏菌；神不讓狗有拇指可用，卻給他們長時間不需進食的能耐。如果我有手指（就差這麼一根指頭！），此刻就完全可以派上用場，讓我轉開那該死的門把逃出去。我只好退而求其次，善用與生俱來的能力——三天不吃東西。

這三天我平均分配使用馬桶的水，到處嗅聞食物儲藏櫃門下的縫隙，幻想著一大碗狗糧，或是撿起柔伊不小心掉在某處角落、沾滿灰塵的小餅乾。我從容地在後門處靠近洗衣機的腳踏墊上排泄，毫不驚慌。

到了第二天晚上，我大約已經獨處了四十個小時，我想我開始產生幻覺。當時我正在舔柔伊坐的高腳椅椅腳，因爲我在那邊發現許久前打翻的優格殘跡，結果不小心喚醒了我的胃部消化液，發出討厭的胃鳴。同時我聽到柔伊臥房裡有聲響，走近一看發現駭人聽聞的事情——她有一個塡充動物玩具竟自己動了起來，那是隻斑馬。那隻塡充斑馬據說是爺爺奶奶送的。誰知道爺爺奶奶本身是不是也是塡充玩具，因爲我們從沒見過他們。我一直都不喜歡那隻斑馬，因爲它是跟我爭著討柔伊歡心的「情敵」。說眞的，我很驚訝看到斑馬在屋裡，因爲它是柔伊的最愛之一，她常常用小車子載著它，跟它一起睡覺，甚至把它的天鵝絨頭部底下磨出了小凹痕。我不敢相信伊芙打包時沒有帶走它，我猜她是太驚慌或是太痛苦才會忘記斑馬。

此刻突然活過來的斑馬沒說半句話，但是它一看到我就開始跳舞，一種扭曲、愚蠢的芭蕾，最後還對著芭比娃娃無辜的臉一再擺動它被去勢的下體。這讓我非常生氣，我對這隻性騷擾的斑馬咆哮，但它只是笑了笑然後繼續猥褻。這回它挑中一隻塡充蛙，從蛙的背後撲上去，直接跨騎，它的前蹄像野馬一樣舉在空中，一邊吶喊著：「咿……好！咿……好！」

我悄悄靠近那個正在惡意剝削與羞辱柔伊每一樣玩具的壞蛋。最後，我實在受不了了，挺身往前，齜牙咧嘴準備攻擊，企圖終結眼前的荒唐，但是在我咬這隻瘋狂的斑馬前，它停止舞動，以後腳站立的姿勢站在我面前，然後放下前腳，開始撕開肚子上的縫合線，它自己的縫合線！扯到開腸破肚，嘴巴伸進去扯出自己的塡充物。斑馬繼續自我摧殘，扯開一道道縫線，掏出一堆堆塡充物，直到扯出了所有讓它擁有生命力的鬼東西，只剩下一堆布和塡充物散落在地板上。那堆玩意兒像胸腔取出來的心臟一樣怦怦

跳，慢慢跳，越跳越慢，然後停止。

我嚇得半死，離開柔伊房間，希望眼前看到的都是因爲血液中缺乏葡萄糖所產生的幻覺，但是不知怎地，我非常清楚那並非幻覺。那是眞的。恐怖的事情眞的發生了。

隔天下午，丹尼回來了。我聽到計程車停下來的聲音，看著他卸下行李，把行李拿到後門。我不想表現得太興奮，不過同時也擔心我在腳踏墊上幹的好事，所以小聲地吠了幾聲警告他。透過窗戶，我看得到他驚訝的表情。他拿出鑰匙開門，我試圖阻擋他，但是他進門太急，噗吱一腳踩上了溼漉漉的腳踏墊。他往下看一眼，然後趕緊跳進屋內。

「搞什麼鬼啊？你在這兒幹嘛？」

丹尼環顧廚房——沒有什麼不對勁，除了我。

「伊芙？」他大喊。

但是伊芙不在。我不知道她在哪裡，反正她沒跟我在一起。

「她們在家嗎？」他問我。

我沒回答。他拿起電話。

「伊芙和柔伊還在你家嗎？」他沒打招呼劈頭就問。「我可以跟伊芙講話嗎？」

過一會兒，他說：「恩佐在家。」

他說：「我是在弄清楚狀況。妳留他一個在家？」

他說：「這太瘋狂了。妳怎會不記得妳的狗留在屋子裡？」

他說：「他這幾天一直都待在這兒？」

他非常生氣地說：「媽的！」

然後他掛上電話，沮喪地發出一聲長而洪亮的喊叫。之後他看著我說：「我快氣死了。」

他快步走進屋內。我沒跟上，我等在後門旁。一分鐘後他回來了。

「你只在這個地方大小便？」他指著腳踏墊問。「乖孩子，恩佐。你眞乖。」

他從儲物櫃拿出一個垃圾袋，把溼透的墊子扔進去，綁好，放在後門廊。然後用拖把清理後門附近的地板。

「你一定餓死了。」

他裝滿我的盛水碗，給我一些狗糧，我狼吞虎嚥顧不得好好享受，至少我的空胃塡飽了。他不發一語，邊生氣邊看我吃。很快地，伊芙和柔伊出現在後門廊。丹尼啪地一聲打開門。

「我不敢相信，」他挖苦地說。「妳實在太誇張了！」

「我病了，」伊芙走進來時說，柔伊躲在她身後。「我沒有想到啊！」

「他有可能會死掉。」

「他沒死。」

「他『有可能』會死掉。我沒看過這麼蠢的事情。太不小心了。實在太疏忽了！」丹尼說。

「我病了嘛！」伊芙抓住他說。「我沒有想到啊！」

「妳沒有想到，人會死，狗也會死。」

「我再也受不了了，」她哭著說，站在那裡抖得像被大風直吹的孱弱小樹。柔伊急忙繞過伊芙，跑進屋內。「你一天到晚不在家，我得一個人照顧柔伊和恩佐，我做不來！我太累了，我連自己都照顧不好！」

「妳可以打電話給麥可或是帶他去狗旅館什麼的，妳不要想害死他！」

「我沒有想害死他。」她低聲說。

我聽到哭聲，轉頭發現柔伊站在門廊口哭泣。伊芙推開丹尼走向柔伊，在她面前蹲下。

「寶貝，對不起，我們在吵架。我們不吵了，不要哭喔！」

「我的動物。」柔伊啜泣。

「妳的動物怎麼了？」

伊芙牽柔伊的手走過門廊，丹尼跟在她們後面。我留在原地。我才不要進去那個變態亂跳舞的斑馬待過的房間。我不想看到它。

突然間，我聽到重重的腳步聲。丹尼衝過廚房走向我時，我畏縮在後門邊。他怒氣沖天地瞪著我，咬牙切齒。

「你這隻笨狗。」他咆哮，然後抓著我脖子後面的一大把毛猛拉。我嚇到腿都軟了，他從來不會這樣對我。他拖著我走過廚房，經過門廊，進入柔伊的房間，只見她坐在一團亂的地板上，目瞪口呆。她的娃娃、動物，都被撕成碎片，掏空內裡，完全是一場災難，一場大屠殺。我只能假設邪惡的斑馬在我離開後又重新合體，破壞其他動物。我本來應該把握機會摧毀斑馬的，我早該吃了它，即使它殺了我。

丹尼的怒氣充滿整個房間，整間屋子。他暴跳如雷，又吼又叫，甚至用他的大手甩我巴掌。我痛得叫出來，趴在地上，盡量貼著地板。「壞狗！」他大聲斥喝，又再度舉手打我。

「丹尼，別打了！」伊芙大喊。她衝過來用自己的身體覆蓋著我。伊芙保護我。丹尼停手。他不會打她，無論如何都不會，就像他不會打我。他「沒有」打我，我知道，即使我可以感受到重擊的痛楚。他打的是惡魔，邪惡的斑馬，那個跑到家裡來附身填充玩具的惡靈。丹尼以爲惡靈在我身上，其實不是。我看到惡靈。惡靈附身在斑馬身上，讓我身陷血腥現場而啞口無言。我被陷害了！

「我們會幫妳買新的動物，寶貝，」伊芙對柔伊說。「我們明天去店裡買。」

我盡量輕柔地往柔伊的方向潛行，這個傷心的小女孩坐在地上，周圍盡是夢幻世界被摧毀後的殘跡，她頭低低的，臉頰上有淚。她的痛苦我感同身受，因爲我很熟悉她的夢幻世界，她也讓我一起參與。我們玩很多可以分享小祕密的蠢遊戲，透過這樣的角色扮演，我知道她認爲自己是什麼，以及她在生命中的角色。包括她是如何崇拜自己的爸爸、總是希望討好媽媽、她是如何信任我，卻又害怕我過於豐富的表情。我的鬼臉違反她在大人世界中學到的秩序觀念，因爲大人以爲動物不會思考。我匍匐爬向她，把鼻子

放在她的大腿旁，她那被夏天太陽曬黑的腿。我微微抬起眼睛，彷彿請她原諒我未能保護她的動物。

她等了很久才有所回應，不過最後還是給了答案。她把手放在我頭上，就這麼擱著。她並沒有搔我，她還需要一點時間才能克服傷痛。不過她的確是摸了我，那代表她原諒我，儘管傷口還未能痊癒，痛苦依舊劇烈到令她難以忘記。

後來，等大家吃過飯，柔伊被抱回清理過的房間睡覺，我發現丹尼手拿一杯烈酒坐在門廊樓梯上，我覺得奇怪，因爲他很少喝烈酒。我小心翼翼靠近，他注意到了。

「沒關係，孩子。」他拍拍身邊的階梯說，於是我走過去。我聞聞他的手腕，試圖舔一下。他笑著摸摸我的脖子。

「我眞的很抱歉，我剛剛失控了。」他說。

我們房子後院的草坪不大，但是在夜裡感覺很好。草坪周圍有一圈土，上面覆蓋著香香的西洋杉落葉，春天時他們會在土圈上種花，角落還有會開花的灌木叢吸引蜜蜂，因此每次柔伊在那附近玩我都很緊張，但是她從沒被螫過。

丹尼一口喝完他的烈酒，然後不自主地發抖。他不知從哪裡拿出酒瓶（我竟然沒注意到酒瓶），給自己再倒一杯。他站起來走下幾階樓梯，然後對著天伸懶腰。

「我們拿到第一，恩佐。不是排位而已，我們整體都是第一。你知道那是什麼意思嗎？」

我的心頭一震。我知道那是什麼意思——那代表他是冠軍，他是最優秀的！

「那代表下一季巡迴賽的資格，就是這個意思。」丹尼告訴我。「有一個很棒的車隊邀請我。你知道那是什麼意思嗎？」

我喜歡丹尼這樣跟我說話，非常戲劇化，讓人倍感期待。我總是喜歡這樣吊胃口的敘述手法。話又說回來，我可是一個劇作家呢。對我來說，好的故事就是要營造張力，用刺激、驚奇的方式來敘述。

「受邀代表了我如果找到這一季的贊助金，就可以賽車。這筆金額很合理，是有可能達成的。但我必須六個月看不到伊芙、柔伊和你。我願意這樣做嗎？」

我沒表示任何意見，因為我很掙扎。我是丹尼的頭號賽車迷，也是最忠實的支持者，但我也能體會伊芙和柔伊在他每次離家時的感受：一想到他不在，我跟她們一樣會覺得肚子空空的。他一定是讀出了我的心，因為他大口飲酒，然後說：「我也覺得我不會。」我正是這麼想。

「我不敢相信她把你丟下，」他說。「我知道她生病了，但那不是藉口。」丹尼真的如此相信，還是他在自我欺騙？或許他這樣想是因為伊芙要他這樣想。無論如何，如果我是人，我會告訴他伊芙病情的真相。

「那是一種厲害的病毒，」他其實是在自言自語，而不是對我說話。「害她無法思考。」

我突然感到不確定：如果我是人，如果我能夠告訴他真相，我不確定他會想聽。

丹尼呻吟了一下後又坐下，再度倒酒。

「我要扣你的零用錢來買塡充玩具。」他咯咯笑著說。這時他看著我，用手摸我的下巴。

「我愛你，寶貝。」他說。「我保證不會再打你，不管發生什麼事。我眞的很抱歉。」

他喋喋不休，他喝醉了。但是我也覺得自己好愛他。

「你好厲害，」丹尼說。「你可以熬過三天，因爲你是一隻厲害的狗。」

我覺得很驕傲。

「我知道你絕對不會故意傷害柔伊。」他說。

我把頭枕在他腿上，眼睛往上看著他。

「有時候我覺得你好像眞的了解我，好像有個人藏在你身體裡面，你好像什麼都知道。」他說。

我知道，我在心裡對自己說，我什麼都知道。

12

伊芙的狀況難以捉摸又無法預測。她有時會劇烈頭疼，有時會虛弱想吐；另一種狀況是起床頭暈，睡覺時心情惡劣憤怒。這種日子從來不會連續發生，中間會夾雜幾天、甚至幾週的寧日，讓她像平常一樣平靜度日。有狀況時，丹尼會在店裡接到電話，然後衝去協助伊芙，接她下班回家，請朋友幫忙開她的車跟在後面，剩下的時間就只能無助地看著她。

伊芙病情的劇烈與反覆，遠遠超過丹尼所能控制。她號啕大哭、間歇性歇斯底里地吼叫、極度痛苦倒臥在地。這種事情只有狗和女人能了解，因爲我們像電線，直接與痛苦的源頭相連，所以對於痛苦的感覺既明顯、殘酷又清晰，就像從救火水管噴出的白色滾燙液態金屬。這麼形容是很美，但我要強調的其實是火上加油的感覺。相反的，男人則像過濾器、變壓器和長效型藥劑。對男人來說，出狀況就好比運動員的腳，哪裡痛就拿特殊噴霧去噴，然後就不痛了。他們不曉得痛苦只不過是一種病徵，像是長在他們多毛腳趾頭縫隙內的菌，那是全身性問題的冰山一角。壓制症狀無濟於事，只是讓眞正的問題在其他時間以更嚴重的程度爆發。去看醫生吧，他對她說；去做藥物治療吧，她的

回答則是對月長嘯。丹尼從來不懂——他不像我懂——他不懂伊芙爲何說吃藥只會模糊疼痛，而不是讓痛苦消失，所以沒必要吃藥。他聽不懂她爲什麼說，醫生只會發明出一種病名，來解釋爲何無法醫治她。再說伊芙每次發作的間隔都很長，所以他們每次都抱著會不藥而癒的希望。

對伊芙的病無能爲力讓丹尼沮喪不已，在這點上，我可以了解他的心情。我不能講話也是一件沮喪的事。我有好多話要說，我有很多方式可以幫得上忙，但是我被鎖在隔音箱裡。就像在遊戲節目中一樣，我能看到外面，也能聽見外頭的動靜，但是他們從來不打開我的麥克風，也不讓我出去。這樣會把人逼瘋，肯定也會把很多狗逼瘋。電視新聞不是曾經報導過，一隻從來沒傷過人的乖狗狗，有一天趁女主人服用安眠藥熟睡時，把她的臉啃掉？事實上，不是那隻狗有問題，他只是被逼到腦袋短路了。聽起來很恐怖，但是確有其事。

至於我，我找到幾個對付發瘋的辦法，比方說，我效法人類走路的模樣；我練習像人類一樣慢慢咀嚼食物；我透過電視研究人類行爲，學習在某些狀況下做出反應。等到我下輩子轉世爲人，被母體從子宮生出來時就已經是大人了，因爲我已經做了許多準備，只要等我全新的身體長大成人，就可以如願在體育和智育方面超越他人。

丹尼用駕車來避免自己被關在隔音箱裡而發瘋的可能。他無法讓伊芙的痛苦消失，而且一旦他明白自己的無能，便發願要把其他每一件事情做得更好。

賽車常常在最激烈的時候出事——平齒輪排檔傳動時可能會壞掉，讓駕駛突然沒有排檔可用，或是離合器失靈，煞車因過熱而失效。遇到其中一種問題時，可憐的駕駛通常會崩潰。大多數駕駛會放棄，厲害的駕駛則能駕馭問題，想辦法繼續比賽。像是一九八九年的盧森堡大賽，愛爾蘭車手凱文·芬奈迪·約克獲得勝利，賽後他才說最後二十圈其實只有兩檔可以用！在那種情況下，操控機器是決心與警覺性的終極表現。我們因此明白這個世界之所以能限制一個人，其實是因為你的意志軟弱——眞正的冠軍可以完成一般人認為不可能的任務。

丹尼縮短工時好帶柔伊去上幼稚園。晚餐過後，他會讀書給她聽，教她數字與文字。他負責所有的採買與下廚，全都做得好好的，沒有怨言。他讓伊芙沒有負擔，沒有任何壓力。不過做了那麼多額外的事情之後，他唯一仍做不到的，就是像我以前所看到的，繼續讓她感到快樂和親密。他無法面面俱到，顯然他認為照顧她的身體還是比較重要。在這種情況下我也認為這是正確的決定——因為他還有我。

我把綠色看成灰色，紅色看成黑色，這樣就表示我是壞人嗎？如果你教我識字，給我殘障作家史蒂芬·霍金[1]用的電腦寫作系統，我也可以寫出一本好書。但是你不教我識字，不給我電腦，讓我可以用鼻子推，打出下一個我想寫的字母，那麼我變成這樣要怪誰呢？

丹尼並沒有不愛伊芙，他只是請我做為關愛代表，代替他提供關愛與安慰。當伊芙不舒服時，他照顧柔伊，急忙帶她出門去看拍給小朋友看的動畫片，如此她才不會聽到母親痛苦的哭喊，我則留在家裡。他信任我。當他和柔伊打包水壺和不含氫化植物油的

特製三明治餅乾（他幫她買的），他會說：「幫我照顧伊芙，恩佐，拜託你了。」

而我也照做。我守護伊芙的方式就是蜷曲在她床邊，或是如果她倒在地上，就蜷曲在她身邊。通常，她會把我抱進來，緊緊貼著她的身體，而當她這麼做時，她會告訴我什麼是疼痛。

「我無法安靜地躺著。我不能獨自面對。我必須尖叫和猛擊，因爲我一尖叫它就會閃開；我一安靜，它就找到我，它會追蹤到我，刺穿我，然後說：『現在我逮到妳了！現在妳屬於我！』」

惡魔、小精靈、調皮鬼、鬼魂、幽靈、精靈、鬼影、食屍鬼、魔鬼。人類因爲害怕，所以把他們放到故事和書本裡，這樣就可以闔上書本，放回書架或是擺在床邊和早餐桌上。人們緊閉雙眼就以爲看不到邪惡。但是請相信我說的，斑馬那件事是眞的——在某個角落，斑馬正在跳舞。

春季終於又到來，之前我們歷經了一個特別潮溼的冬天，天氣常常灰濛濛又降雨，還有我難以忍受的料峭寒意。整個冬季，伊芙吃得很少，變得瘦削又蒼白。她一痛起來，就常常好幾天不吃一口東西。她從不運動，所以瘦得並不結實，看似易碎的骨頭外面裹著鬆垮的皮膚——她的生命正漸漸凋零。丹尼非常擔心，但是伊芙從不聽他的勸去看醫生。她會說她只是有點沮喪而已。他們也會給她藥，可是她不肯吃。有一天晚餐過後，那是一個特別的日子，我不記得是生日還是週年紀念日，丹尼突然脫光在臥室裡，伊芙裸身躺在床上。

我覺得很怪，因爲他們已經很久沒有騎來騎去，甚至是互相愛撫玩鬧。然而現在他們又做了起來，他俯在她身上，她對他說：「我正在發情喔！」

「妳不是說眞的吧？」他問。

「你就接下去說嘛。」她過一會兒這樣回答。伊芙眼神黯淡，她瘦到眼睛深深凹陷，快被鬆掉的肌膚呑噬，一點也看不出來有孕育的能力。

「我正慾火焚身。」他說。可是兩人的互動看起來薄弱又不熱切。她發出聲音，但她是裝的，我聽得出來，因爲她中途分神看我，搖頭示意要我走開。我禮貌地退到另一個房間，淺淺入睡。而且如果我沒記錯的話，我夢見烏鴉。

---

❶ 史蒂芬．霍金（Stephen W. Hawking）：英國著名物理學家，罹患「肌萎縮側索硬化症」（ALS）。Intel 為霍金打造了一套電腦系統，能透過移動眼球來打字，運用合成語音讓他「說話」。

13

烏鴉站在樹枝上、電線上、屋頂上目睹一切，眞是一群邪惡的小混蛋！他們陰險地鬼叫個不停，好像在嘲笑你。他們知道你在屋內的位置，也知道你在屋外的位置，他們永遠等在那邊。烏鴉是渡鴉[1]體型較小的親戚，他們天生忿忿不平，對於基因迫使他們的體型小於渡鴉一事感到極爲不滿。據說渡鴉在進化階層上比人類高一階。畢竟，根據美國西北岸原住民傳說，是渡鴉創造了人類。（有一件有趣的事情特別值得一提：根據平原印第安民族的民間傳說，跟渡鴉具有同等神性地位的是土狼，土狼其實就是狗。看來渡鴉和狗都是精神食物鏈頂端的角色。）所以如果說渡鴉創造了人，烏鴉又是渡鴉的親戚，那烏鴉的地位何在？

烏鴉的地位在垃圾桶。聰明、狡猾的他們，就喜歡用邪惡的小聰明來掀開垃圾桶蓋，或是啄開打包好的廚餘。他們是成群結隊的雜碎，有人說烏鴉成群是一件要命的事情。這話說得好，因爲烏鴉一聚集，你還眞想殺了他們。

我從來不追烏鴉。他們會跳走、戲弄你、騙你去追他們，害你跑到老遠卡在某個地方，落得自己一身傷，然後他們就可以盡情吃垃圾。這是眞的。有時我會做惡夢，夢到烏鴉，一大群烏鴉無情地攻擊我，殘忍地將我撕成碎片。眞是恐怖。

我們剛搬進來時，發生了一件與烏鴉有關的事情，所以我知道他們恨我，而樹敵可不是好事。丹尼總是把我的糞便用綠色小環保袋裝起來。這是人們養狗必須遵守的嚴格規定，他們必須將環保袋翻過來，手套在袋子裡拾起草地上的糞便。儘管有塑膠袋隔著，人類還是討厭這個工作，因爲他們會聞到味道，而嗅覺又沒有精明到可以分辨不同氣味層次的差別與意義。

丹尼把小糞便袋收集起來，裝進一個塑膠購物袋。有時他會把大塑膠袋拿到公園的垃圾桶丟掉，我猜他是不想讓裝有我排泄物的袋子弄髒他的垃圾桶。誰知道。

烏鴉自以爲是渡鴉的親戚，所以也很聰明。他們最愛鎖定購物袋了。丹尼和伊芙常常買了好幾袋東西，拿不進來的暫放在門廊，這時烏鴉就會開始覬覦。他們可以迅速飛進飛出，或許叼個餅乾什麼的然後飛走。

我還小的時候，有一次烏鴉看到伊芙買雜貨回來，便聚集在我們家旁邊的一棵樹上，越聚越多。他們很安靜，不想引起注意，但是我知道他們眼巴巴地等在那邊。伊芙把車停在巷子裡，分好幾趟把袋子從車上搬到門廊，再從門廊搬進屋內。烏鴉一路盯著，然後發現伊芙留了一袋東西沒搬。

他們很聰明，我不得不承認。因爲他們沒有馬上行動，而是在一旁看著、等著，直到伊芙上樓脫衣泡澡（有時她休假就會在下午泡澡）。他們看著，直到確定廚房的玻璃門爲了防止小偷和強暴犯入侵而鎖上，而我也出不去的時候，他們便開始行動。

其中幾隻突然俯衝下來，用鳥嘴拾起袋子，其中一隻故意在玻璃外大搖大擺，想刺激我吠叫。通常我會忍住吠叫的衝動，氣死他們，但是因爲我知道現在是怎麼回事，所以將計就計喊叫了幾聲，讓他們信以爲眞。烏鴉沒有飛遠，他們想戲弄我，想要我看著他們大啖袋中食物，所以飛進院子草坪上。所有烏鴉都飛了下來，繞圈子跳舞，對我做鬼臉，一邊振翅呼叫他們的朋友。他們打開塑膠袋，鳥嘴全部伸進去吃藏在袋中的美食。那些笨鳥狼吞虎嚥地吃個不停，嘴裡大口大口的塞滿了我的糞便。

我的糞便！

喔，看看他們臉上的表情，他們嚇傻了！他們氣死了！他們猛搖頭，成群飛到有噴泉的鄰居家洗嘴巴，然後再飛回來。雖然嘴巴洗乾淨了，但仍非常憤怒。上百隻烏鴉（可能有上千隻）站在後門門廊和後院草坪上，黑鴉鴉的一片，好像鋪了一層柏油和羽毛，圓滾滾的眼珠統統瞄準我、瞪著我，彷彿在說：「出來，小狗，讓我們啄掉你的眼珠子！」

我沒出去。他們很快就離開。但是那天丹尼下班回家時，他看了看屋後。當時伊芙正在做晚餐，小小的柔伊坐在兒童高腳椅上，而丹尼看看外面說：「平台上怎麼有那麼多鳥屎？」我知道原因。要是我有史蒂芬．霍金用的電腦，我就可以好好寫個開玩笑的橋段。

丹尼出去用水管清洗平台。他困惑地整理被打開的糞便袋，但是沒有多問。樹上、電話線和電纜線上都是烏鴉，他們都在看著。我沒跟丹尼出去。當他想玩扔球遊戲，我假裝生病，爬回我的床睡覺。

看著那些自以爲聰明的笨鳥滿嘴狗屎，眞是笑死我了。不過什麼事情都有後果，自從那次以後，我的惡夢裡總是有憤怒的烏鴉。一大群要命的烏鴉。

❶渡鴉（raven）：一種全身黑色的大型雀形目鴉屬鳥類。分布於北半球，是所有鴉科中分布最廣泛的一類。

14

線索都擺在眼前，只是我沒有正確解讀。整個冬季，丹尼一直不停地玩賽車電玩遊戲——那不像他，他從不迷賽車電玩。但是那個冬季，每晚伊芙上床睡覺後他就開始玩，而且他只玩美國賽場，聖彼得堡和拉古納賽卡、亞特蘭大和中俄亥俄州。從他玩的賽道我就應該知道。他不是在玩電玩，他是在研究賽道，他在研究拐彎點和煞車點。我聽丹尼講過這些電玩的背景有多麼精準，車手們如何透過這些遊戲摸熟新賽道。但我沒想到……

還有他的節食計畫：不碰酒精、糖類和油炸食物。他的運動計畫：一週跑好幾天，在西雅圖的麥加艾佛斯泳池游泳，到鄰居大塊頭家的車庫練舉重（那個鄰居從坐牢起開始練舉重）。丹尼正在做準備，他精瘦結實，準備闖蕩賽車界。我竟然沒有注意到這些跡象，不過我想我是被蒙在鼓裡。因爲三月那一天，他拿著背包、轉輪行李箱和特殊設計頭盔下樓時，伊芙和柔伊好像都知道他要出門。他告訴「她們」，卻沒告訴「我」。

那次的離別很奇怪。柔伊又興奮又緊張，伊芙很冷靜，而我則莫名其妙。丹尼要去哪裡？我睜大眼睛，豎起耳朵，抬起頭來，利用各種可支配的面部表情企圖蒐集資訊。

「塞布林，」他對我說，因爲他偶爾會看出我的心思。「我拿到房車賽資格，我沒告訴你嗎？」

房車賽？他不是說過他不會參加房車賽嗎？我們不是說好了嘛！

我頓時興高采烈又晴天霹靂。一場賽車最少會有三個晚上不在家，有時候是四晚（當賽事是在美國彼岸進行），而八個月裡面有十一場比賽——所以他大多數時間都會不在家！我擔心留在家裡的人的情緒狀態。

但我的內心是個賽車手，賽車手絕不會讓已經發生的事情影響正在發生的事情。丹尼參加房車巡迴賽，去塞布林參加ESPN二台會轉播的比賽，這是一件何等美好的事。他終於做了他早就該做的事，他沒有等待或是擔憂任何人，他是爲自己著想。賽車手一定要自私，這是冷酷的事實：即使是家人也要排在比賽後面。

我熱切地搖尾巴，他眼睛閃著光芒對我笑。他知道我聽得懂他說的每一件事。

他假裝責備我說：「你要乖喔，看好家裡兩個女生。」

他抱抱柔伊並輕輕吻了伊芙，但是他一轉身，她就埋進他的胸膛緊緊抱住他。她把臉埋在他的肩膀下，哭得滿臉通紅。

「你一定要回來。」她的聲音被他的胸肌擋住。

「我當然會回來。」

「你一定要回來。」她重複說。

他安慰她。

「我保證平安回來。」他說。

她搖頭，臉還埋在他身上。

「我不管有沒有平安，答應我你一定要回來。」她說。

他馬上看我一眼，好像我聽得懂她說的話似的。伊芙的意思是要他活著回來嗎？或是要他別丟下她？還是另一種完全不同的意思？他不知道。

而我，卻完全明白她的意思。伊芙不是擔心丹尼不回來，她擔心的是她自己。她知道自己不對勁，雖然不知道哪裡出問題，她怕丹尼不在時病情會急遽惡化。關於這一點我也很害怕，斑馬事件我還記憶猶新。這一點我無法向丹尼解釋，但是我決定當他不在家時要擔負起責任。

「我保證。」他滿懷希望地說。

丹尼走了之後，伊芙閉上眼睛深呼吸。等她再度睜開眼睛時，她看著我，我看得出來她也下定決心要做某件事情。

「是我堅持要他去的，」她對我說，「我想這樣子對我也好，會讓我更堅強。」

那是系列賽的第一場賽事，丹尼跑得不順，不過伊芙、柔伊和我都還好。我們看電視轉播，丹尼在資格賽排進前三名，但是比賽沒多久，他就因為輪胎割到而必須進站換胎，隊員們換新胎時遭遇困難，結果等丹尼返回賽場，他已經落後一圈追不回來，落到第二十四名。

第二場賽事與第一場相隔只有幾週，而伊芙、柔伊和我都仍一如往常。丹尼的比賽結果跟第一次差不多，漏油問題導致他被處罰暫停，害他落後一圈，落到第三十一名。

丹尼沮喪得不得了。

「我喜歡我的隊員，」丹尼回家休息，在晚餐的時候說。「他們是好人，但不是修理站的好幫手。他們錯誤百出，毀了我們的賽季。如果他們給我機會賽完，我會好好表現的。」

「你不能換新的維修人員嗎？」伊芙問。

我在廚房，廚房就在餐廳旁邊。我從來不在他們用餐時不禮貌地現身，畢竟沒有人喜歡吃飯時有一隻狗在桌底下等著吃剩菜。所以我看不到他們，但是聽得到。丹尼拿起木製碗幫自己多盛點沙拉，柔伊在盤子上撥弄雞塊。

「快吃，寶貝，不要玩。」伊芙說。

「這不是人的問題，」丹尼試圖解釋，「是整個隊伍的素質問題。」

「那你要怎麼辦？」伊芙問。「你出門那麼多天，這樣不是在浪費時間嗎？如果你都跑不完，那比賽還有什麼意思？柔伊，妳只吃了兩口，快吃！」

丹尼發出咀嚼萵苣的聲音，而柔伊正在啜飲她的飲料。

「練習，」丹尼說，「練習，練習，練習。」

「你何時要練習？」

「他們要我下週去英飛凌科技公司跟保時捷的人合作，並和維修站人員多加演練，避免錯誤。贊助商越來越不滿意我們。」

伊芙不出聲。

「下週你本來放假的。」她終於說話。

「我不會去太久，三、四天吧。這沙拉眞好吃，沙拉醬是妳自己調的嗎？」

我無法判讀他們的身體語言，因爲我看不到他們，但是狗可以感知某些事情。緊張、恐懼、焦慮，這些情緒狀態都是人體釋放出化學物質所致。換句話說，這些完全是生理反應，不由自主。人們老以爲自己已經進化到可以超越本能，但事實上，他們受到刺激時還是會有打或跑的反應。當他們的身體有反應，我聞得出他們腦垂體腺分泌的化學物質。比方說，腎上腺素有種特別的味道，這與其說是嗅覺不如說是味覺。我知道人類無法理解這種概念，但是或許這樣描述最準確：以我的舌頭嘗起來，腎上腺素是鹼性的。從我所在的廚房地板位置，我可以嘗到伊芙的腎上腺素。她已經堅強面對丹尼出遠門賽車的事實，但是她對於他臨時去索諾馬練習沒有心理準備，所以既生氣又害怕。

我聽到椅子後退刮擦地板的聲音，以及餐盤疊起來，餐具被急忙收起來的聲音。

「把雞塊吃下去。」伊芙這次很堅決地說。

「我飽了。」柔伊說。

「妳沒吃多少，怎麼會飽？」

「我不喜歡雞塊。」

「妳吃完雞塊才准下餐桌。」

「我不喜歡雞塊！」柔伊尖叫，剎那間這個世界一片漆黑。

焦慮、期盼、興奮、厭惡，這些情緒都有明確的味道，當時從餐廳傳出來的就是這些味道。

一陣冗長的靜默後，丹尼說：「我幫妳做熱狗。」

「不行，」伊芙說，「她要把雞塊吃下去。她喜歡吃雞塊，她現在只是在挑剔。快吃！」

又是一陣安靜，然後是小孩噎住的聲音。

丹尼快笑出來。「我幫她做熱狗好了。」他又說一次。

「她要吃完該死的雞塊！」伊芙大叫。

「她不喜歡雞塊，我幫她做熱狗。」丹尼堅決回答。

「不行！她喜歡雞塊，她現在這樣是因爲有你在。我不會因爲每次她不喜歡吃什麼就重新做一次晚餐。雞塊是他媽的她說要吃的，現在她就給我吃下去！」

憤怒也是一種非常明顯的味道。

柔伊開始哭泣。我走近門口探頭，看見伊芙站在餐桌頭，面色漲紅痛苦，柔伊邊哭邊吃雞塊，而丹尼站起身，讓自己看起來有點地位。身爲男主人，氣勢很重要，通常光靠對陣的架式就可以讓對方退縮。

「妳反應過度了，」他說，「何不去躺下來休息，讓我收拾吧。」

「你老是護著她！」伊芙咆哮。

「我只是要讓她吃她想吃的。」

「好，」伊芙不滿地說，「那我弄熱狗給她吃。」

伊芙急衝進廚房，差點踩到我。她甩開冰箱門，抓出一包熱狗，打開水龍頭，用水沖熱狗。她從刀架上抓了把刀，刺進熱狗包，這下原本只是一個吵過就忘的夜晚，卻變成永遠抹不去回憶的黑夜。刀子好像有自己的意志似的，想要在爭吵中插上一腳，刀片劃過又溼又冰的熱狗包，深深切入伊芙左手掌虎口的位置，然後噹啷一聲掉進水槽。伊芙哭叫著按住手，血滴濺起。丹尼馬上拿著抹布進來。

「讓我看。」他說，一邊拿下她手上染血的布。她抓著自己的手腕，彷彿那已經不是她身體的一部分，而是某種攻擊她的外星生物。

「我送妳去醫院。」他說。

「不要！」她大吼。「不要去醫院！」

「妳得縫幾針。」他看著還在流血的傷口說。

她沒有馬上回答，但是眼中充滿淚水——那不是痛，那是恐懼。她好怕醫生和醫院，她怕一進去就出不來了。

「求求你，」她低聲對丹尼說，「求求你，不要去醫院。」

他無奈地搖著頭。

「我看我能不能把傷口闔上。」他說。

柔伊站在我旁邊，睜大眼睛，手上拿著雞塊看著這一切。我們都不知道該如何是好。

「柔伊寶貝，」丹尼說。「妳可以幫我從櫃子裡拿蝴蝶型膠帶嗎？我們幫媽咪包紮傷口好嗎？」

柔伊站在原地不動。她怎麼動得了？她知道自己是媽媽痛苦的源頭。伊芙流的是她的血。

「柔伊，快一點，」丹尼說，一邊抱起伊芙。「藍白色的盒子，紅色字母。B開頭的。」

柔伊去找盒子。丹尼抱伊芙去浴室，把門關上。我聽到伊芙痛得大哭。

等柔伊拿到膠帶盒，她不知道爸媽去哪裡了，所以我引她到浴室門口然後吠叫。丹尼把門打開一點點，取了膠帶。

「謝謝柔伊，現在我來照顧媽咪，妳去玩或是去看電視。」

他關上門。

柔伊憂心地看著我一會兒，我想幫助她。我走向客廳然後回頭看，她還在猶豫，所以我去找她過來。我輕推她，試著再次引導她，這次她跟著我走。我坐在電視機前面等她開電視，她開了電視，我們一起看《小孩大聯盟》影片。然後丹尼和伊芙出現了。

他們看到我們一起看電視，感覺鬆了口氣。他們在柔伊身邊坐下，陪我們一起看，不發一語。等節目結束，伊芙按下遙控器上的靜音鍵。

「刀傷不太嚴重，」她對柔伊說，「如果妳還餓的話，我幫妳做熱狗。」

柔伊搖頭。

然後伊芙開始哭。我看得出來她的情緒正在崩潰。

「我眞的很對不起。」她哭著說。

丹尼摟著她的肩膀抱住她。

「我也不想這樣，」她啜泣說。「那不是我，我很抱歉，我不想那麼兇，那不是我！」

小心啊，我心想——原來斑馬無所不在。

柔伊緊緊抱住媽媽，兩個人哭成一團，丹尼也加入陣容，他像救火直升機一樣盤旋在兩人之上，對著熊熊烈火倒出他的眼淚。

我離開現場，但是相信我，我這麼做並不是因爲我覺得他們需要隱私，我走是因爲他們已經解決問題了，一切都沒事了。

況且，我也餓了。

我走進餐廳，看看地上有沒有食物殘屑，結果沒有多少，但是我在廚房裡發現有樣好東西——一塊雞塊。

柔伊應該是在伊芙切傷自己後掉了雞塊的。這雞塊給我吃剛好，可以暫時充飢，他們要等到相擁結束才會記得餵我。我聞聞雞塊，一陣噁心的味道讓我聞之卻步。老天，這雞塊是壞的！我再聞一聞，雞塊是腐臭的，充滿病菌！這雞塊在冰箱裡擺太久了，或是從冰箱取出後太久了，或者兩者都是。這是我的結論，因爲我看過人們對食物的粗心大意。這雞塊——甚至有可能是盤中所有的雞塊——絕對已經走味了。

我眞替柔伊感到難過，她大可以說雞塊味道不對，這樣整件事情都可以避免。不過我想伊芙還是會設法傷害自己，因爲他們需要這樣的暴力攤牌，他們需要相擁的這一刻。這對他們一家人很重要，我知道。

賽車時，你的眼睛往哪裡看，車子就往哪裡去。車子打滑時，駕駛若一直盯著牆看，就會撞上那道牆。看著跑道等待輪胎抓地的駕駛，就會重新掌握他的車。

你的眼睛往哪裡看，車子就往哪裡去。這也是「你的心，決定你所看見的」另一種說法。

我知道這話是眞的，賽車是騙不了人的。

15

隔週丹尼離家時，我們去伊芙父母家讓他們照顧。伊芙的手包紮起來，那表示她傷得比她承認的嚴重，不過她似乎不受影響。

麥斯威爾和崔許這對雙胞胎，住在麥瑟島一大片林地上的一棟豪宅，俯瞰華盛頓湖和西雅圖。他們住這麼漂亮的房子，卻是我看過最不快樂的人。他們什麼都嫌，老是在抱怨事情應該可以更好或是爲什麼總是那麼糟。我們一到，他們就開始挑丹尼的毛病：「他都不陪柔伊，他忽略了你們的關係。他的狗該洗澡了。」好像我的衛生問題也扯得上關係似的。

「妳要怎麼辦？」麥斯威爾問她。

他們全站在客廳，崔許正在做晚餐，一定又是煮柔伊不想吃的東西。那是一個溫暖的春季夜晚，所以雙胞胎穿著馬球衫和休閒褲。麥斯威爾和崔許在喝曼哈頓調酒配櫻桃，伊芙喝一杯紅酒。她拒絕家人給她的止痛藥，那是麥斯威爾幾個月前動疝氣手術剩下來的藥。

「我要恢復身材，我覺得我太胖了。」伊芙說。

「妳好瘦。」崔許說。

「即使瘦子也會覺得胖。我覺得我身材變形了。」

「喔。」

「我剛剛問的是妳要拿丹尼怎麼辦？」麥斯威爾說。

「我要拿丹尼怎麼辦？」伊芙說。

「妳想啊！他爲家庭做了什麼？錢都是妳在賺！」

「他是我的丈夫和柔伊的爸爸，而且我愛他。他還需要爲我們的家庭做什麼？」

麥斯威爾不屑地敲打流理台。我嚇得退縮。

「你嚇到狗了。」崔許很少叫我的名字。我聽說他們在戰俘營裡都是這樣，沒名沒姓的。

「我只是沮喪啊，」麥斯威爾說，「我希望我的女兒擁有最好的。每次妳來這邊住，都是因爲他去賽車。這對妳沒好處。」

「這個賽季對他眞的很重要。」伊芙說，企圖表現得很堅決。「我希望我可以多參與一點，但是我已經盡力了，他也能體會。我不需要你來叨唸我這件事情。」

「我很抱歉，」麥斯威爾舉起雙手表示投降。「我很抱歉，我只是希望妳得到最好的。」

「我知道，爸。」伊芙說，並往前傾身親吻他的雙頰。「我也希望自己得到最好的。」

她拿著紅酒杯走到後院，我在旁邊徘徊。麥斯威爾打開冰箱，拿出一罐他愛吃的紅辣椒。他老是在吃辣椒。他打開罐子，手伸進罐子裡拿出一根長辣椒，嘎吱嘎吱地咬嚼。

「你看到她變得有多虛弱嗎？」崔許問道，「像一隻賽跑犬。她還覺得自己胖。」

他搖搖頭。「我的女兒配黑手，不，不是黑手，是客服技工。我們到底是哪裡做錯了？」

「她一向是自己做決定的。」崔許說。

「但是至少她的決定要合理啊。她主修藝術史，老天啊，結果竟然嫁給他？」

「狗在看你。」崔許過一會兒說。「他可能想吃辣椒。」

麥斯威爾的表情變了。

「你想吃嗎？」他拿出一根辣椒問。

那不是我看他的原因。我盯著他看是爲了抓住他話中的意思。不過我倒是餓了，所以我聞一聞辣椒。

「好吃喔，」他馬上說，「義大利進口的。」

我接過他手上的辣椒，立刻覺得舌頭上刺刺的。我咬下去，灼熱的液體充滿我的嘴。我以爲馬上吞下去就沒事，心想胃酸會中和辣椒的刺激，但是眞正的痛苦才正要開始呢。我的喉嚨好像被生吞活剝似的，我的胃劇烈攪動。我馬上離開廚房到屋外，跑到後門口找我的水碗舔水喝，但是沒有多大幫助。我去附近一個矮樹叢裡躺下，躲在陰影中等灼熱感退去。

當晚麥斯威爾和崔許帶我出去，柔伊和伊芙已經睡著許久。他們站在後門廊，重複每次要我去大便就會說的蠢話：「去忙吧，狗兒，你去忙吧！」我還是覺得有點反胃，所以走得比平常遠，離房子遠一點，蹲下來大便。辦完事以後，我看到我的便便很稀，我聞一聞，比平常要臭許多。現在我知道自己安全了，災難總算過去了，從此我就不太敢亂吃可能會擾亂我消化系統的陌生食物，並且再也不吃我不信任的人給我的食物。

16

時間一週一週飛快過去，彷彿進入秋天是最要緊的任務。至於成就也來得相當快，丹尼六月初在拉古納拿到第一場勝利，在亞特蘭大賽獲得第三名，在丹佛排名第八。在索諾馬那一週，隊員們已經研究過缺失，剩下來就看丹尼的表現，而他的表現果眞突出。

那年夏天，每當我們一起吃晚餐，總有話題可聊——獎盃、照片、半夜的電視重播。突然間來訪的人變多，一起吃晚餐的人也多了。來家裡的不只有丹尼的同事麥可（同事們都很樂意配合丹尼瘋狂的時程表），還有其他人，包括NASCAR北美超級房車賽老將德瑞克．科普、汽車運動名將奇普．漢諾爾。我們還被引薦給路卡．潘多尼，他是義大利法拉利總部的一位重要人物，他來拜訪西雅圖第一位賽車教練唐．契奇二世。我從來沒有破壞我不踏進餐廳的規矩，我的家教很好。不過我告訴你，我就坐在門邊，腳趾甲觸碰到門縫邊（這樣可以更靠近這些車界的大人物）。我在那幾週學到關於賽車的事情，比我花在看錄影帶和電視的那幾年還要多。我親耳聽到令人敬重的冠軍教練羅斯．班特利講到車手該如何呼吸——呼吸！——眞是太令人驚訝了。

柔伊老愛喋喋不休，總是有話要講，有東西要秀。她會坐在丹尼腿上，睜大眼睛聽著他們對話的每一個字，在適當的時候講出某些丹尼教過她的賽車道理，像是「急事慢辦，慢事急辦」之類的，讓所有大人物印象深刻。在那些時刻我深深以她爲傲，因爲我無法以自己的智識讓賽車界人士驚豔，退而求其次就是交給柔伊代勞了。

伊芙則是又快樂起來。她去上健身課，增加肌肉質量，並且常常提醒丹尼她的受孕期到了，有時還很緊急。她的健康莫名地大大改善，不再頭痛，不再噁心。奇怪的是，她受傷的手倒是繼續困擾她，她做菜時偶爾必須用護腕來輔助抓取動作。不過，從昨晚深夜我聽見臥室傳出來的聲音判斷，她的手已經恢復該有的彈性和巧妙，足以讓她和丹尼非常快活。

然而人生總有高低起伏。丹尼的下一場賽事非常重要，一個好的終點成績可以鞏固他年度新人的地位。在鳳凰城國際大賽，丹尼第一圈就被尾隨盯上。

這是賽車的規矩：從沒有人在第一圈轉彎處就取得比賽勝點，但是很多人就輸在那裡。

丹尼慘遭攻擊，有人用遲煞車入彎的方式把他逼到角落，然後鎖住。被堵住的車輪不會轉，輪胎不轉就沒有作用。在車子全速滑行時，惡意攻擊者撞上丹尼的左前輪，破壞車子的校準。丹尼的車輪嚴重歪斜，因此整輛車偏離軌道，多浪費了好幾秒鐘。

校準、遲煞車、鎖死、輪胎內傾角，這些都是賽車的行話，只是我們用來形容周遭的現象。眞正重要的不是我們如何準確地解釋這個事件，而是事件本身與其結果——也

就是丹尼的車子壞了。他是賽完全程，但比賽結果是DFL。他是這樣告訴我的。這是一個新的詞彙。DNS意思是沒有出發（Did Not Start），DNF則是沒有賽完（Did Not Finish），最後是DFL，他媽的最後一名（Dead Fucking Last）。

「這眞不公平，那是另一位駕駛的錯。」伊芙說。

「如果要說是誰的錯，只能怪我讓自己有機會被堵。」丹尼說。

關於這一點我聽他說過：他說爲了一場車禍去生另一位駕駛的氣是沒有用的。你必須注意周圍的駕駛，了解他們的技術、信心和野心大小，根據這些因素來與他們賽車。你必須知道誰的車跑在你旁邊。任何問題發生終究都是起因於你，因爲你要爲自己身在何處以及所做何事負責。

總之，不管有沒有錯，丹尼被擊垮了，柔伊被擊垮了，伊芙被擊垮了，我也被毀滅了。我們離成功就差那麼一點點。我們都已經聞到成功的香味了——聞起來像是烤豬的味道，大家都喜歡烤豬肉的味道。但是哪一個比較糟，是聞到烤豬的香味卻吃不到，還是從沒聞過？

八月天炎熱又乾燥，鄰近區域的草都發黃枯死。丹尼一直忙著算數，按他的算法，他在數據上還是可能在系列賽擠入前十名，拿下年度新人獎，達到這兩者其中一項就能讓他明年繼續參賽。

我們坐在後門廊享受黃昏的陽光，丹尼剛烤好的燕麥餅乾從廚房傳出香味。柔伊在灑水器的水舞中跑來跑去。丹尼輕輕幫伊芙按摩手，讓手復原。我在後門平台上盡力模彷蜥蜴趴著不動，盡量吸取熱能來溫暖我的血液，心中希望我可以吸取足夠的太陽能，撐過整個冬季。今年冬季可能會寒冷又晦暗，因爲在西雅圖如果夏季炎熱的話，通常代表冬天會很冷。

「這可能是老天的意思。」伊芙說。

「該到的就會到來。」丹尼告訴她。

「但是我排卵的時候你都不在。」

「那下週妳們陪我一起去，柔伊會很開心的，我們住的地方有一個游泳池，她最愛游泳池了，妳也可以到場上觀賽。」

「我不能去現場，」伊芙說。「現在不行。我是很想去，眞的。但是我最近覺得很好，你知道嗎？所以……我怕。我怕賽道又吵又熱，又有橡膠和汽油味，廣播的雜音直穿我耳裡，而且大家都要用喊的才能聽見彼此說話。那會讓我發……我的意思是我可能會有不好的反應。」

丹尼笑著嘆息，連伊芙也笑出來。

「你懂嗎？」她問。

「我懂。」丹尼回答。

我也懂。賽道上的一切——聲音、氣味；走過賽車闈場，感受那股動能；每個維修站發出的引擎熱氣。當廣播要下一組選手進行起跑排位時，賽車闈場內的電流此起彼落。觀眾起身爭看狂亂搶位的起跑，然後想像各種可能性，揣測車子跑到賽道另一端大

家看不到的位置時會是如何，直到他們以完全不同的順序重新經過起／終點，閃閃躲躲加上爭先恐後，搶進下一圈，進而完全改變戰況。丹尼和我以賽車爲生，賽車給我們生命。但是我完全了解，讓我們充滿活力的事情，對他人來說可能是一種毒害。尤其是對伊芙。

「我們可以用烤肉用的醬汁滴管，」丹尼說，伊芙聽了爆笑，我很久沒見過她這樣大笑了。「我可以在冰箱裡留一杯精蟲給妳。」他說，結果她笑得更大聲。我聽不懂這句話的笑點，但是伊芙笑翻了。

她起身去廚房，過一會兒從廚房拿了烤肉用的醬汁滴管出來。她仔細端詳管子，臉上掛著淫笑，並用手指沿著滴管摸。

「嗯，也許可以喔。」她說。

他們一起傻笑，然後望向草坪，我也跟著望向草坪，大家都看著柔伊，她又溼又亮的頭髮黏附在肩膀上，穿著小朋友的比基尼，露出曬成棕褐色的腳，開開心心地繞著灑水器噴出的水奔跑，她的尖叫和笑聲迴盪在中央區的街道上。

17

「眼睛往哪裡看，車子就往哪裡去。」

我們去丹尼河玩，不是因爲那條河以丹尼的名字命名（其實也並不是），而是因爲那裡很適合遠足。柔伊穿著她的第一雙登山鞋，踩著笨重的步伐，而我從拴住的皮帶中解放。卡斯卡迪斯的夏天清爽宜人，雪松和赤楊聚集成林，林蔭涼爽，樹林底下的足跡踩出一條路，讓遠足走起來更輕鬆。狗比較喜歡走沒人踩過的路徑，上面鋪滿鬆軟的落地針葉，腐敗後成爲樹木的穩定營養來源。那土地的香味眞是了得！

那香味會讓我勃起，如果我還有睪丸的話。肥沃的土壤與繁殖力，成長與死亡，食物與腐敗。這塊土地就等在那裡，等待有人來聞這個味道，湊近聞一聞這一層層累積的土壤，每一層有它自己獨特的香味、自己的位置。像我一樣的好鼻師可以區分、欣賞各種味道。我通常跟人類一樣有自制力，鮮少恣意放縱，但是那年夏天，一想到我們過得那麼快樂——包括丹尼的成功、柔伊的活潑，就連伊芙也自由自在——所以那一天我就豁出去了，像隻瘋狗一樣在林子裡亂跑，深入叢林、跑過落葉、追逐花栗鼠、對松鴉吠叫、在地上打滾，滾在樹枝、落葉、針葉和土壤堆中。

我們沿路上下坡，走過植物根莖和岩石礦脈，最後來到滑石區——他們這麼稱呼是因爲河水流過一整排又寬又平的石頭，有時形成水坑，有時川流不息。小孩子們很喜歡滑石區，可以在板岩上滑來溜去。於是我們來到滑石區，我喝了冰冷又清爽的河水，那是那一年最後一批融雪化成的水。柔伊、丹尼和伊芙脫去衣服剩下泳衣，緩緩泡入河水。柔伊已經大到可以自己游泳，丹尼站在板岩下方，伊芙負責板岩上方，兩人讓柔伊順著板岩滑下玩河水溜滑梯，伊芙在上面一推，柔伊就滑下去。石頭乾的時候會有磨擦力，但是一旦打溼，就會產生一層膜，滑得不得了。所以柔伊一邊往下滑，一邊拚命尖叫，身體飛濺入丹尼腳下的清涼河水池，他把她抓起來交給伊芙，伊芙再把她推下去。就這樣一再重複。

人跟狗一樣，都愛重複——像是追一顆球、開賽車繞圈、溜滑梯等等。但每件事情像歸像，卻還是不一樣。丹尼衝上板岩，把柔伊交出去，然後回到他在水池的位置。伊芙把柔伊丟進水裡，她尖叫著努力滑動，滑下板岩後再被丹尼接住。

直到有一次，伊芙把柔伊放進水裡，但是柔伊沒有尖叫濺水，反倒是突然從冰水中抽出腳，讓伊芙失去平衡。伊芙轉移身體重心，所幸她安全地把柔伊放到乾的石頭上，但是她的動作太突然，太意外，所以頓時失去平衡，她的腳碰到河水，她不知道那些石頭有多滑，滑石就像玻璃一樣。

伊芙腳底打滑，重心不穩就忍不住伸手抓東西支撐，卻只有空氣可抓，拳頭一合，抓了個空。她的頭重重撞到石頭後彈回來，結果又撞了一次再彈回來，像皮球一樣。

我們好像站了很久似的，等著看接下來會發生什麼事情。伊芙躺著不動，而柔伊就呆在那邊不知所措。這次她又是肇事者。她看看爸爸，丹尼趕緊衝到她們旁邊。

「妳沒事吧？」

伊芙瞇著眼，表情很痛苦，嘴巴裡有血。

「我咬到舌頭。」她頭昏眼花地說。

「妳的頭呢？」丹尼問。

「頭好痛。」

「妳可以站起來走回車上嗎？」

我在前面領著柔伊走，丹尼扶著伊芙。她沒有搖搖晃晃，但是她昏頭了，要是沒人陪她的話，天曉得她會怎麼樣。傍晚時我們來到貝悅醫院。

「妳可能有輕微腦震盪，不過他們會檢查。」丹尼說。

「我沒事。」伊芙一再重複。但顯然她並非沒事，反而頭暈目眩，講話不清，不停打瞌睡。丹尼一直搖醒她，說什麼腦震盪不能睡。

他們都進醫院去，把我留在車上，車窗開了點縫隙。我趴在丹尼的 BMW 3.0 CSI 車上，乘客座位像口袋一樣，我趴好逼自己睡覺，因爲入睡後比較不會像醒著時那樣急著想尿尿。

18

在蒙古，一隻狗死後，會被埋在高山上，如此人們才不會踩過他的墳墓。狗主人會在狗耳朵裡低語，希望這隻狗來生投胎轉世成人。然後他們會切下狗尾，放在狗頭下方，再放一塊肉或脂肪在狗的口中，讓他的靈魂好上路。在狗重新投胎前，他的靈魂可以自由遊走，在沙漠高原上愛走多久就走多久。

我是在國家地理頻道看到這個節目，所以我相信這是眞的。他們說不是所有的狗都會投胎成人，只有那些準備好的才會。

我準備好了。

19

過了幾小時後丹尼才回來，只有他一個人。他讓我出來，我差點就沒辦法從座位爬出來，然後就在面前的燈柱旁邊洩洪。

「對不起，寶貝，我沒有忘記你。」他說。

等我尿完，丹尼打開一包花生奶油夾心餅乾。他應該是從販賣機買的，餅乾裡的鹽和奶油混合著花生的油脂，我最愛這種餅乾了。我試圖慢慢吃，好好享受每一口，但是我實在太餓了，狼吞虎嚥，來不及細細品嘗。這麼好吃的東西餵狗真是浪費。有時候真的好恨我是一隻狗。

我們在路邊坐了好久，一句話也沒說。丹尼看起來心情不好，當他心情不好，我知道我能做的就是陪他，所以我躺在他身邊等待。

停車場是奇怪的地方，人們很喜歡他們馳騁中的車子，但是當車子停下來，人們就急著要下車。人們不喜歡坐在停下來的車子裡太久，我猜他們是怕別人異樣的眼光。唯一會坐在停下來的車子裡的是警察和跟蹤者，有時休息中的計程車司機也會，但通常是吃飯的時候。至於我，我在停下來的車子裡坐上幾小時也不會有人過問。奇怪了，怎麼

沒人懷疑我可能是一隻跟蹤狗啊，如果是會怎麼樣？但是在醫院的停車場（上面鋪著漆黑的柏油，路面溫暖得像件剛脫下來的毛衣，以外科般的精準方式漆著雪白的白線），人們一停好車就快跑，跑進醫院大樓裡，或是急忙跑出大樓上車，連後視鏡都不調就馬上把車開走，也不看儀表板，像是逃亡一樣。

丹尼和我久坐著觀察這一切，看著來來去去的人，我倆唯一做的只有呼吸——我們不需要語言就能彼此溝通。過了一會兒，有一輛車開進停車場，停在我們附近。車子很漂亮，是一輛一九七四年的愛快羅密歐ＧＴＶ跑車，松樹綠的車身加上車廠加裝的織布遮陽頂，簡直跟新的一樣。麥可緩緩下車走向我們。

我跟他打招呼，他馬虎地在我頭上拍一下，便繼續走向丹尼，坐在路邊我剛剛坐的位置。我試圖製造一點歡樂，因爲氣氛很低迷，但是我用鼻子摩擦麥可，他卻把我推開。

「眞是謝謝你了，麥可。」丹尼說。

「別這麼說。那柔伊呢？」

「伊芙的爸爸帶她回他們家睡覺了。」

麥可點點頭。蟋蟀的聲音比附近四〇五號洲際公路的車聲還大，但是沒有大多少。我們靜靜地聽，蟋蟀的合唱、風聲、樹葉聲、車聲，還有醫院頂樓的風扇聲。

這就是我爲何會成爲好人的原因——因爲我聆聽。我不能講話，所以我很認眞聽。我從不打斷人，我從不用自己的評論來主導對話。如果你有注意的話，人們總是不斷改變彼此對話的方向。就好像你在開車，坐你旁邊的乘客突然抓住方向盤，幫你轉彎。比方說，我們在一個派對上認識，我想告訴你一個故事——有一次我想去鄰居的院子撿足球，但是他的狗追我，我只好跳進游泳池逃命——我才剛開始說這個故事，而你一聽到「足球」和「鄰居」，便打斷我的話，說你小時候的鄰居是球王比利。或許我可能會迎合你的話說：「他加入過紐約宇宙隊是吧？那你在紐約長大的嗎？」而你可能會回答說「不」，你是在巴西長大，跟比利是同鄉。然後我會說我以為你是田納西來的，你則說那不是祖籍，接著開始條列你的族譜。所以我開啓的話題完全偏離了，一開始我想說的有趣故事——也就是我被我鄰居的狗追——原來全是為了你想告訴我球王比利的事。學習「傾聽」吧！我求求你們，假裝跟我一樣是一隻狗，聽聽別人講話，別搶了人家的故事。

當晚我仔細聆聽並且聽見以下的事情。

「他們要留她住院多久？」麥可問。

「他們可能連切片檢查都不做。醫生可能直接開刀取出，不管是惡性還是良性，那玩意兒還是問題的所在，造成頭痛、噁心、情緒起伏。」

「是嗎？」麥可面無表情地說，「情緒起伏？那也許我太太也有腫瘤。」

那是神來一筆的玩笑話，但是當天晚上丹尼沒什麼幽默感。他反應激烈地說：

「那不是腫瘤，麥可，那是一團東西。他們要驗過之後才知道是不是腫瘤。」

「對不起，」麥可說，「我只是……對不起。」他抓住我的頸背，搖晃一下我的身

體。「眞是煎熬啊，如果我是你，早就嚇死了。」

丹尼起身站得高高的，那樣站挺就是他最高的模樣了。他是一級方程式賽車手，身材比例好又健壯，但是個子不高，屬於次輕量級。

「我的確是嚇死了。」他說。

麥可若有所思地點頭。

「你看起來不像受到驚嚇，我想這也是你身爲一個好駕駛的特質。」他說。我馬上轉頭看他一眼，我也是這麼想。

「你可以先跑一趟我家拿他的東西嗎？」

丹尼拿出鑰匙圈，找家裡的鑰匙。

「食物在儲藏櫃裡，給他一杯半，他上床睡覺前要給他三片雞餅乾。記得拿他的床，在臥室裡。還有他的狗，你只要說『你的狗呢？』他就會找出來，有時候他會藏起來。」

他找到房子的鑰匙，挑出來給麥可，讓其他鑰匙垂掛著。

「兩道鎖都是同一把鑰匙。」他說。

「沒問題，」麥可說。「你要我幫你帶衣服過來嗎？」

「不，我早上再回去，如果要住院的話我再去收拾衣物。」丹尼說。

「你要我幫你把這些東西帶回去嗎？」

「伊芙的衣服在裡面。」

然後他們倆沒再說話，只有蟋蟀、風聲、車聲、屋頂上的風扇聲、遙遠的救護車警報聲。

「你不必壓抑。」麥可說，「你可以發洩出來，這裡是停車場。」

丹尼低頭看他的鞋子，那雙他喜歡穿來遠足登山的中長筒舊靴。他想要一雙新的，我知道是因為他告訴過我，但是他說他不想花錢，我想他是期望有人在他生日或耶誕節時送他一雙新的，但是沒人這麼做。他有上百雙駕駛手套，但是沒人曾經想到要送他一雙新的登山靴。只有我在傾聽。

他抬頭看麥可。

「這就是為什麼她不願意上醫院的原因。」

「什麼？」麥可問。

「她就是怕會這樣。」

麥可點點頭，但是顯然他並不知道丹尼在說什麼。

「你下週的比賽怎麼辦？」他問。

「我明天會打電話給強尼，告訴他我這個賽季玩完了。我必須待在這裡。」丹尼說。

麥可帶我回家拿我的東西。聽見他說「你的狗呢？」我覺得好丟臉。我不想承認我還跟塡充玩具一起睡，但這的確是事實。我喜歡那隻狗，而且丹尼說得對，白天我確實把它藏起來，因為我不想讓柔伊占為己有，而且人們只要看到它就想玩拉扯遊戲，我不

想跟我的狗玩拉扯遊戲。而且，我很怕它被那隻喪心病狂的斑馬染上病毒。

不過我還是把狗從沙發底下的藏匿處取出，我們上了麥可的愛快羅密歐，回他家去。他太太——其實不是眞的太太，而是一個像他太太的男人——問情況怎麼樣了，麥可馬上打發他走，給自己倒杯酒。

「他好壓抑啊，」麥可說，「他一定會得動脈瘤什麼的。」

麥可的太太撿起我丟在地板上的狗。

「這玩意兒我們也要收嗎？」他問。

「你聽好，」麥可嘆氣說，「每個人都需要可以安慰自己的小玩意。這隻玩具狗有什麼不對？」

「它好臭啊，」麥可的太太說，「我把它洗一洗。」

他把玩具狗丟進洗衣機，我的狗！他居然把丹尼送給我的第一個玩具丟進了洗衣機……還加了洗衣粉，我眞不敢相信！我嚇壞了，從來沒有人這樣對待我的狗！

我隔著洗衣機的玻璃盯著它轉啊轉，在肥皀水裡沉沉浮浮。他們笑我，但不是惡意的。他們以爲我是隻笨狗，所有人都這麼想。他們笑我，我繼續看，等洗好了，他們用毛巾包起它送進去烘乾，我等著。等烘乾了，他們把狗拿出來給我。東尼（麥可的太太）把烘得暖暖的狗拿出來，交給我說：「你看，好多了吧？」

我本來是要恨他的，我想要恨這個世界，我想要恨我的狗——那是我還小的時候丹尼送我的塡充玩具。我好氣我們一家突然被拆散。柔伊困在雙胞胎家，伊芙生病在醫院裡，我則像個孤兒被領養走。現在我的狗又被洗得乾乾淨淨。我好想趕走所有的人，獨自去蒙古高原跟我的祖先們生活，去那邊看守羊群，以免受狼的攻擊。

東尼把狗給我時，我不禮貌地用嘴接過。我帶著狗上床，因爲丹尼就是要我乖乖睡覺，我蜷曲躺下。

但諷刺的是，我竟然喜歡它。

我竟然比較喜歡洗乾淨的狗，這點我倒是從沒想過，但是我總算有一樣東西可以依靠。我相信我們一家不會因爲意外而瓦解，不管是一場意外的清洗，還是無預警的疾病。我們的家庭核心有一種聯繫，將丹尼、柔伊、伊芙和我，甚至我的狗，緊緊繫在一起。不管事情怎麼變化，我們永遠都會在一起。

20

身爲一隻狗，我知道的事情不會太多。我不能進醫院聽私密的對話、診斷、評估、分析，不能聆聽穿藍袍戴藍帽的醫師低聲說他們憂心的狀況，揭曉他們早該發現的線索，解開腦部的奧祕。沒有人跟我講心裡話，沒有人問過我的意見，也沒人對我有期待，除了希望我到外面去方便的時候我照做，還有希望我不要叫的時候我就不叫。

伊芙待在醫院裡好幾週了。丹尼有很多事情要做，除了照顧我和柔伊，還要盡量去醫院看伊芙，因此他決定最好的辦法就是建立一套模式，不再按照我們平常想怎樣就怎樣的生活方式。以前，他和伊芙偶爾會帶柔伊去餐廳吃晚餐，現在伊芙不在，我們都是在家用餐。以前，丹尼有時會在咖啡店餵柔伊吃早餐，現在伊芙不在，我們也都是在家吃早餐。每天有一連串的嚴格規定：柔伊吃麥片時，丹尼幫她做一袋午餐，內容包括全麥麵包做的花生奶油夾香蕉三明治、洋芋片、餅乾和一小瓶水。接著丹尼帶柔伊去夏令營，然後去上班。下班後，丹尼接柔伊回家，柔伊看卡通時他做晚餐。晚餐後，丹尼餵我，然後帶柔伊去看伊芙。稍晚等他們回來，丹尼幫柔伊洗澡、唸故事，然後哄她睡覺。之後丹尼繼續做尚待完成的工作，像是付帳單或是與健保公司爭論超支與付款日期等等。

丹尼的週末大多在醫院內度過。那不是什麼彩色的人生，但是這樣做很有效率。有鑒於伊芙病情之嚴重，效率是我們唯一能期待的事情。遛狗則變得可有可無，更甭提去什麼寵物公園了。丹尼和柔伊變得很少注意到我，不過我已經準備好為了伊芙的康復以及維繫家庭機能而有所犧牲——我發誓不要做一個吱吱作響的輪胎。

這樣過了兩週之後，麥斯威爾和崔許自願照顧柔伊一個週末，好讓丹尼喘口氣。他們說他臉色不好看，應該放個假休息一下，而伊芙也同意。「這週末我不想再看到你。」她對他說，至少丹尼是這麼告訴柔伊和我的。丹尼對此事感到矛盾——他幫柔伊打包過夜要用的東西時我看得出來——他猶豫要不要讓柔伊去，不過他最後還是讓她去。然後家裡就剩下他跟我，感覺非常奇怪。

我們做我們以往會做的事情：去慢跑、午餐叫披薩外送、下午看賽車名片《熱血男兒》（男主角史提夫．麥昆熬過災難和苦痛，最後通過勇氣與堅毅的試煉），然後看一捲丹尼收藏的車內紀錄影帶。那是在德國著名的紐柏林❶賽道上，記錄傳奇車手傑克．史都華❷和吉姆．克拉克❸，在人稱「北環」的彎道上比賽的盛事。該賽道長達二十二公里，共有一百七十四個彎道。看完後，丹尼帶我去只有幾條街遠的藍狗公園跟我玩拋接球。但即使是這樣的活動，我們也進行得不順利。一隻不爽的狗盯上我，我走到哪裡牠就逼上前齜牙咧嘴想咬我，害我不能撿網球，只能待在丹尼身邊。

一切都不對勁。伊芙和柔伊的缺席是不對的，我們不管做什麼都感覺少了點什麼。

我倆都吃過晚餐後，一起坐在廚房裡，心裡很煩，只能坐在那裡發悶，因爲不管做什麼我們以往會做的事情，都再也找不到樂趣了。

最後，丹尼站起來，他帶我出門，我尿尿給他看。他按慣例餵我吃睡前餅乾，然後對我說：「你要乖。」

他說：「我得去看她。」

我跟他走到門口，我也想去看伊芙。

「不行，」他對我說，「你待在家裡，他們不會讓你進醫院的。」

我了解，我回床上躺下。

「謝謝你，恩佐。」他說。然後他走了。

幾小時後他回來，夜色已深，他靜靜地爬上床，還沒暖起來的冷被單讓他打了個寒顫。我抬起頭，他看到我。

「她會沒事的，」他對我說，「她會沒事的。」

---

❶紐柏林（Nürburgring）賽道：位於德國法蘭克福西北方，是一個高低落差約三百公尺的公路型賽道，現在主要供車廠測試開發新車型，也開放一般民眾付費使用。

❷傑克．史都華（Jackie Stewart）：一九九八年尾，由英美菸草公司成立的英美車隊（BAR）接手了

面臨收攤的泰利爾（Tyrrell）車隊。許多人認為泰利爾後來崛起是因為發掘了年輕且極具潛力的英國車手傑克·史都華。史都華不僅個人獲得車手總冠軍，也讓車隊拿下年度總冠軍。

❸吉姆·克拉克（Jim Clark）：英國眾多冠軍車手中，公認最有天分的車手。曾經拿過Indy 500冠軍。但不幸於一場雨天舉行的F2比賽中意外過世，年僅三十二歲。

21

柔伊讓我穿上去年萬聖節她穿過的大黃蜂翅膀，她自己則穿粉紅芭蕾舞衣，有薄紗裙、緊身衣和絲襪。我們到後院一起跑來跑去，直到她的粉紅小腳沾滿泥土。

柔伊和我在一個陽光午後跑到後院玩耍。那天是星期二，兩天前她與麥斯威爾和崔許共度週末，她每次去雙胞胎家就沾得滿身都是臭酸味，到了週二才終於消散，真是謝天謝地。

丹尼提早下班回來接柔伊，好一起去買新的運動鞋和襪子。他們回家後，丹尼整理屋子，柔伊和我一起玩。我們又笑又跳又跑，假裝是天使。

她叫我去院子角落的水龍頭旁邊。她的其中一個芭比娃娃躺在木頭碎片上，她跪在娃娃前方。

「妳會沒事的，」她對娃娃說，「一切都會沒事的。」

她打開從屋裡拿出來的一條抹布，裡面包著剪刀、奇異筆和偽裝膠帶。她把娃娃的頭拔下來，拿起廚房剪刀剪掉芭比的頭髮，全部剪光光。然後她在娃娃的頭殼上畫線，一邊低聲說：「一切都會沒事的。」

等她弄完，她撕下一段僞裝膠帶貼在娃娃頭上，然後把娃娃的頭塞回去，再放下娃娃。我們一起盯著娃娃看。一陣靜寂。

「現在她可以上天堂去了，」柔伊對我說，「而我要跟外婆、外公住。」

我心裡非常難過。顯然，麥斯威爾和崔許要給丹尼鬆口氣的週末，結果是不安好心。我沒有確切證據，但是我感覺得出來。對雙胞胎來說，那是一個下了功夫的週末，他們正在努力爲自己的想法開始播種、鋪路，預告一個他們希望成眞的未來。

22

很快地，勞動節的週末到來，在那之後，柔伊就註冊入學。「眞正的學校。」她是這麼說的，意思就是幼稚園。上學讓她好興奮。開學前一晚她挑了第二天要穿的衣服：喇叭牛仔褲、球鞋和鮮黃色上衣。她準備好她的背包、午餐盒、鉛筆盒和筆記本。丹尼和我非常隆重地陪著她，從我們家走過一條街到馬丁路德金恩路口，等校車來接她去新學校。我們跟幾位住在附近的家長和小孩一起等。

當校車緩緩駛過斜坡，我們都很興奮。

「現在趕快親我吧。」她對丹尼說。

「現在？」

「不要等校車到，我不想讓潔西看到。」

潔西是她在幼稚園小班最要好的朋友，兩人現在大班同班。

丹尼只好聽她的，在校車停靠前親她。

「放學後，妳去參加延長教學日，就像我們昨天在行前說明演練的一樣。記得嗎？」他說。

「爹地！」她斥責。

「我會在延長教學日結束後來接妳。妳在教室裡面等，我會去找妳。」

「爹地！」

她對他擺出嚴厲的表情，我發誓，當下我在她身上看到了伊芙的影子——閃爍的眼睛、外張的鼻孔、雙手叉腰、板著一張臉，一副要打架的樣子。她馬上轉身上校車，走進車內時，轉身對著我們倆揮手，然後在她朋友旁邊的座位坐下。

校車啓動，往學校駛去。

「她是你的老大？」另一位父親問丹尼。

「是啊，」丹尼回答。「我就這麼一個。你呢？」

「我的老三，」那人說，「但是老大是沒得比的。他們長得好快。」

「是啊。」丹尼笑著說，然後我們轉身走路回家。

23

他們說得都對，但我心裡就是覺得不對勁。那天傍晚丹尼帶我去醫院看伊芙，可是我不能進去。探過病後，柔伊和我在車上等，麥斯威爾、崔許和丹尼在人行道上開會。柔伊陷入一本迷宮書裡，她很愛玩迷宮遊戲，我則注意聽他們的對話。幾乎都是麥斯威爾和崔許在講話。

「當然，一定要有護士照顧，日夜都要有人在。」

「他們會輪班……」

「他們會輪班，不過當班的人還是會休息。」

「所以一定要有人幫忙。」

「而且我們一直都在。」

「我們也沒地方要去……」

「而你要工作。」

「所以這樣最好。」

「對，這樣最好。」

丹尼不是很信服地點頭。他上了車，然後我們開車離去。

「媽咪什麼時候回家？」柔伊問。

「快了。」丹尼說。

我們通過I-90浮橋，柔伊小時候總是稱之爲「九〇大橋」（High 90）。

「媽咪要跟外公外婆一起住一陣子，直到她身體好一點。這樣妳可以接受嗎？」丹尼說。

「可以吧，」柔伊說。「爲什麼呢？」

「這樣會方便一點，對……」他沒說完。「這樣會方便一點。」

幾天後，一個週六，柔伊、丹尼和我一起去麥斯威爾和崔許家。客廳裡架了一張床，一張可以升降、傾斜的大病床，按遙控器就可以做很多事情。還有很寬的放腳臺，上面掛著筆記板，還附贈一個護士，一位年紀大的女士，講話的聲音像是在唱歌，而且她不喜歡狗，儘管我對她可沒有偏見。這位護士立即對我感到不耐煩。不幸的是，麥斯威爾站在她那邊，而丹尼又在忙，所以我被趕到後院去，所幸柔伊來救我。

「媽咪要回來了！」柔伊告訴我。

她非常興奮，穿著一件她很喜歡的漂亮薄棉洋裝，而我也被她的興奮感染。我最喜歡慶祝了，尤其是歡迎返家之類的。柔伊跟我一起玩，她擲球給我，我表演特技給她看，我們一起在草地上滾。那眞是美好的一天，全家人又聚在一起，感覺好特別。

「她回來了！」丹尼在後門喊，柔伊和我衝進去看，這次我被允許進屋。伊芙的媽

媽先進門，後面跟著一個身穿藍色休閒褲和黃色襯衫的男人，襯衫上有標誌。他用輪椅推著一個白色身影、眼神呆滯、穿著拖鞋的模特兒。麥斯威爾和丹尼扶起那個身影抱到床上，護士幫忙蓋好被子，柔伊說「嗨，媽咪」。這一切都發生在我意會到那陌生身影不是假人之前——那不是用來練習的假人，那是伊芙。

她的頭上戴著絨線帽，雙頰凹陷，膚色灰黃。她抬頭環顧四周。

「我好像一棵耶誕樹。擺在客廳裡，大家圍著我好像在期待什麼。我沒有禮物給你們。」她說。

旁觀者尷尬地笑。

然後她直接看著我。

「恩佐，過來。」她說。

我搖著尾巴小心地靠近。伊芙入院後我就沒見過她，我對眼前的景象沒有心理準備。我覺得醫院似乎讓她病得更重了。

「他不知道發生了什麼事情。」丹尼替我說。

「沒關係，恩佐。」她說。

她把手垂在床邊，我用鼻子碰她的手。我不喜歡這一切，不喜歡這些新家具，不喜歡伊芙看起來虛弱又悲傷、人們像圍著耶誕樹一樣站著但又沒有禮物……這一切都不對勁。所以儘管大家都看著我，我卻閃到柔伊身後，透過窗戶望著後院，院子裡灑著陽光。

「我想他不認得生病的我。」伊芙說。

那不是我想表達的意思。我當時的感覺很複雜。現在就算我已經歷過那一切，可以回過頭來看了，我還是無法清楚解釋。我所能做的就是走到她的床邊，像塊地毯一樣躺在她面前。

「我也不想看到自己這樣。」她說。

那天下午冗長不堪，好不容易等到晚餐時刻，麥斯威爾、崔許和丹尼給自己倒了雞尾酒，大夥心情馬上變好。崔許在廚房做菜時，有人拿出珍藏的伊芙童年舊照，大家在廚房飄出大蒜和油煙味時邊看邊笑。伊芙拿下帽子，大家看到她剃髮的模樣和恐怖的疤痕都吃驚不已。護士幫她洗澡，等她從浴室穿著自己的衣服而不是醫院的病人袍出來時，看起來幾乎很正常，儘管她的眼神籠罩著陰影，一副任人宰割的模樣。她試著唸故事書給柔伊聽，但是她說她無法集中注意力，所以換柔伊盡力讀給伊芙聽，而她的「盡力」其實已經表現得相當好了。我走進廚房，丹尼再度與麥斯威爾和崔許開會。

「我們眞的覺得柔伊應該跟我們住，」麥斯威爾說，「直到……」

「直到……」崔許附和。她站在爐子旁背對我們。

很多話沒有直說，都是由眼神、手勢和非文字的聲音所取代。人們不知道自己的溝通方式有多麼複雜。崔許像機器人似的重複「直到」這個詞，完全吐露了她心裡在想什麼。

「直到什麼？」丹尼問。我聽得出來他有點不耐煩。「你們怎麼知道接下來會發生

什麼？你們怎麼可以預先判她刑？」

崔許的炒鍋突然掉到火爐上，發出很大的撞擊聲，然後她開始哭。麥斯威爾用雙臂環抱住她。他轉過來看丹尼。

「我拜託你，丹尼。我們必須面對現實。醫生說了六到八個月。他講得很明確。」

崔許從他的擁抱中抽身出來，穩定自己的情緒，一邊擤鼻子。

「我的孩子。」她低聲說。

「柔伊還小，」麥斯威爾繼續說，「現在時間很寶貴，她只剩這些時間可以跟伊芙相處。我無法相信，我一秒鐘也不敢相信，你竟然還會反對。」

「你是那麼體貼的人。」崔許加進來說。

我看得出來丹尼被困住了。他同意讓伊芙同麥斯威爾與崔許一塊住，現在他們連柔伊也要搶。如果他反對，他就是拆散她們母女的罪人；如果他同意他們的提議，他會被推到邊緣，變成自己家庭的局外人。

「我懂你們所說的……」丹尼說。

「我們就知道你能懂。」崔許打岔。

「但是我得問柔伊看她要怎麼辦。」

崔許和麥斯威爾不安地對看。

「你不會認真地要去問一個小女孩的想法吧，」麥斯威爾輕蔑地說，「天啊，她才五歲！她不能……」

「我要跟柔伊談談看她要怎麼樣。」丹尼堅決地重複。

晚餐後，他帶柔伊到後院，他們坐在陽台的階梯上。

「媽咪想要妳跟她一起住在外公外婆家。妳覺得呢？」他問。

她的小腦袋在考慮。

「那你覺得呢？」她問。

「恩，我想這樣可能最好。媽咪很想念妳，她想要多跟妳相處一些時間。只是先住一陣子，等到她覺得好一點，可以回家了。」丹尼說。

「喔，」柔伊說，「那我還是可以搭校車上學嗎？」

「這，」丹尼一邊想一邊說，「可能不行。暫時先不行。我想外公外婆會開車載妳上下學。等媽咪好了，妳們就會一起回家，到時妳就可以再搭校車。」

「喔。」

「我會每天來看妳，我們會一起過週末，有時候妳也會過來陪我。但是媽咪眞的很需要妳。」丹尼說。

柔伊悶悶地點頭。

「外公和外婆也很想要我。」她說。

丹尼顯然很不開心，但是他隱藏自己的情緒，我想那是小孩子不會懂的。不過柔伊非常聰明，跟她爸爸一樣。即使才五歲，她還是懂。

「沒關係，爹地。我知道你不會把我永遠丟在這裡。」她說。

他對她笑，用他的手握住她的小手，親吻她的前額。

「我發誓我絕對不會那樣做的。」他說。

所以就這麼決定了，即使兩人都不情願，但柔伊還是得留下來住。

他們倆的表現讓我很驚訝。當人真的是好難啊，一直要忍受天不從人願這種事，還要擔心自己是否做了正確的決定，而不是做對自己最有利、最方便的事情。說真的，在那一刻，我真的嚴重質疑自己是否有能力做那麼高層次的溝通。我懷疑自己是否真能如願變成人。

夜色漸深，我發現丹尼坐在伊芙床邊的小沙發椅上，緊張地用手敲大腿。

「這太瘋狂了，我也要留下來，我可以睡沙發。」丹尼說。

「不，丹尼，你會很不舒服的。」伊芙說。

「我這輩子睡過好幾次沙發，沒關係。」

「丹尼，求求你……」

她的聲音裡別有用意，眼裡有乞求的眼神，所以他不堅持了。

「請你回去吧。」她說。

他搔搔頭背，然後低下頭。

「柔伊在這兒，妳的家人在這兒，妳跟我說要恩佐今晚留下來陪妳，妳卻要我回家？我到底做錯了什麼？」他說。

她深深嘆了口氣。她很累，好像沒有對丹尼解釋的力氣。但是她還是試著解釋。

「柔伊不會記得，」她說，「我不在乎我父母怎麼想。而恩佐……恩佐會了解的。但是我不想讓你看到我這個樣子。」

「什麼樣子？」

「你看看我，」她說，「我理了光頭，我看起來好老，吐出來的氣好像我身體裡面爛掉了似的。我好醜……」

「我不管妳看起來怎樣。我看到的是妳，我看到妳眞正的樣子。」他說。

「我在意我的樣子，」她說，一邊試著擠出伊芙的招牌微笑。「我看著你的時候，看見了自己在你眼中反射的模樣。我不想在你面前擺出醜樣子。」

丹尼轉頭，彷彿要迴避她的眼神，好像把鏡子拿走一樣。他透過窗戶望向後院，院子的露台上點著燈，樹上還掛著更多的燈，照亮我們的世界。燈後面藏的是未知，所有我們感到陌生的事物。

「我回去收拾柔伊的衣物，明早再過來。」他最後說，沒有轉過頭來。

「謝謝你，丹尼，」伊芙鬆了口氣說，「你可以帶走恩佐，我不想讓你覺得被拋棄。」

「不，恩佐應該留下，他想念妳。」他說。

他親吻伊芙道晚安，送柔伊上床睡覺，然後把我留下來陪伊芙。我不確定爲何她要我留下，但是我了解爲何她要丹尼走。等他晚上睡著，她希望他夢到她以前的樣子，而不是現在的樣子。她不希望丹尼對她的印象被現在的模樣破壞。不過她不明白的是，丹

尼的目光能夠超越眼前的現狀。他關注的是下一個轉彎。要是她也有同樣的能力，也許事情對她來說會有轉機。

屋子變得安靜而漆黑，柔伊上床睡覺，麥斯威爾和崔許在他們房內，門縫底下閃著電視的光。伊芙安躺在設於客廳的床上，護士坐在陰暗角落玩她的猜字謎。我躺在伊芙床邊。

後來伊芙入睡，護士用腳輕推我。我抬起頭，她用一根手指放在嘴唇上，要我乖乖跟著她，我照做。她帶我走過廚房，經過洗衣室來到房子後方，然後打開通往車庫的門。

「你進去吧，」她說，「我們不希望你晚上吵到史威夫特太太。」

我看著她，不明白她的意思。吵到伊芙？我怎麼會去吵她？

她把我的遲疑當作反抗，所以抓著我的頸圈猛拉一下，把我推進陰暗的車庫，然後關上門。我聽見她的拖鞋走遠，回到屋內。

我不害怕，我只知道車庫裡面有多暗。

這裡面不會太冷，也沒有很不舒服，如果你不介意躺在水泥地板上，在充滿汽油味、像瀝青一樣漆黑的空間裡。我確定裡面沒有老鼠，因爲麥斯威爾用乾淨的車庫養他的名車。但是我以前從沒睡過車庫。

時間卡嗒卡嗒過去。我說的「卡嗒」指的眞的是字面上的意思。我看著一個老式電子鐘卡嗒作響，麥斯威爾把鐘放在一個他從來不用的工作台上。那是一個老鐘，小塑膠片製成的數字板片繞著一個軸心轉，有一個小燈會發亮，那也是室內唯一的光源。每分鐘會卡嗒兩次，第一聲卡嗒是半個塑膠號碼露出來，第二聲卡嗒是另外半個塑膠號碼整個翻出來，顯示嶄新的數字。卡嗒，卡嗒，一分鐘就過去了。卡嗒，卡嗒，又一分鐘。我就是這樣在監獄裡算著卡嗒聲度過我的時間。我還作白日夢，幻想看過的電影。

我最喜歡的兩個演員順序如下：史提夫·麥昆和艾爾·帕西諾。《夕陽之戀》是一部該紅而沒紅的電影，由艾爾·帕西諾主演。我第三個喜歡的演員是保羅·紐曼，因爲他在《飛車龍虎鬥》片中有絕佳的駕車技巧，而且他本身也是很棒的賽車手，擁有一個冠軍車隊，至於最後一個理由是他從哥倫比亞買有機棕櫚果油，因此有助保育婆羅洲與蘇門答臘的大片雨林。喬治·克隆尼是我第四個喜歡的演員，因爲他在《急診室的春天》的重播裡，絕頂聰明地幫孩子治病，而且他的眼睛長得和我有點像。達斯汀·霍夫曼則是我第五個喜歡的演員，主要原因是他在《畢業生》那部片裡替愛快羅密歐的商標做了很棒的宣傳。不過史提夫·麥昆還是我的最愛，不只是因爲他拍了《熱血男兒》和《警網鐵金剛》兩部史上最偉大的車子電影，還有《惡魔島》這部片。身爲一隻狗，我知道被絕望地關在監獄裡是什麼滋味——每天等著滑動的牢門打開，等著鋼碗從門縫裡推進來，裡面裝著沒營養的爛糊。

經過幾小時的惡夢後，車庫門開了，伊芙穿著睡衣站在門口，廚房的燈照出她的身影。

「恩佐？」她問道。

我沒出聲，但是我從黑暗中現身，再度看到她使我心安。

「跟我來。」

她帶我回到客廳，從沙發上拿出一個靠墊，放在她的床旁邊。她要我躺在上面，我照做。然後她爬回床上，把被子拉到脖子的位置。

「我要你陪我，不要再跑走。」她說。

但是我沒有跑走啊！我是被綁架！

我可以感覺到她很想睡。

「我需要你陪我，我好害怕。我好害怕。」她說。

沒關係，我說，我在這裡。

她翻到床邊，低頭看我，眼神呆滯。

「陪我度過今晚，」她說，「我只求你陪我，保護我。不要讓它發生在今晚。恩佐，求求你。你是唯一可以幫忙的。」

我會的，我說。

「你是唯一一個。別擔心那位護士，我叫她回家了。」

我看看角落，那蜷縮的老女人不見了。

「我不需要她。只有你可以保護我。求求你。別讓它發生在今天晚上。」

那天晚上我完全沒睡。我站崗，等著惡魔現身。惡魔要來抓伊芙，但是他得先對付我才行，我已經準備好了。我注意每個聲音、每個聲響以及空氣密度的改變，我不斷改變身體重心，靜靜地展現我要跟惡魔纏鬥的決心，如果他執意要帶走伊芙的話。

當晚惡魔沒有靠近。第二天早上，其他人醒來照料伊芙，我得以卸下守衛的職責去睡覺。

「眞是一隻懶狗啊。」我聽見麥斯威爾走過我身邊時嘀咕。

然後我感覺到伊芙的手在我的脖子上輕撫。

「謝謝你，」她說，「謝謝你。」

24

如今丹尼和我住在我們家，伊芙和柔伊住在雙胞胎家。新生活的前幾週，丹尼每天下班會去看她們，我則自己留在家裡。萬聖節時，丹尼開始放慢腳步，到了感恩節，他一週只去看她們兩次。每次從雙胞胎家回來，他都會告訴我伊芙看起來有多好，她的身體已經好很多，很快就可以回家了。但是週末我也會看到伊芙，因爲他會帶我去，所以我很清楚——她沒有變好，她不會很快就回家。

丹尼和我每到週六一定會去看伊芙、接柔伊。過了一晚，我們週日送她回去時，常在伊芙娘家一起用餐。我偶爾跟伊芙在客廳一起過夜，但她已經不像第一天晚上那樣害怕而需要我了。柔伊跟我們在一起的時候應該要很開心，但是她看起來並不快樂。跟快死的媽媽住，而不是跟活生生的爸爸住，她怎麼快樂得起來？

柔伊的就學問題曾一度成爲爭論焦點。她與麥斯威爾和崔許同住沒多久，他們就要把柔伊轉到麥瑟島的學校，因爲一天要來回跨越I-90浮橋兩次太麻煩。但是丹尼堅持，因爲他知道柔伊有多麼喜歡她的馬卓納學校。他堅持要女兒留在原校，因爲他是她的父親和合法監護人，而且他如此堅持，也是因爲柔伊和伊芙很快就要搬回家。

丹尼的難纏讓麥斯威爾感到沮喪，於是他提議如果柔伊註冊上麥瑟島的私校，他就支付她的學費。他們的對話一來一往很激烈。然而在固執的麥斯威爾面前，丹尼展現他宛如希拉毒蜥蜴的一面（我不知道那是來自丹尼父母哪一方的遺傳），他的下巴在爭論過程中都沒有放鬆過。最後丹尼贏了，麥斯威爾和崔許被迫一天通勤過橋兩次。

「如果他們眞的是爲柔伊和伊芙好，」丹尼有一回告訴我，「他們不會介意開車十五分鐘過橋。那眞的沒有很遠。」

丹尼非常想念伊芙，我知道，不過他想念柔伊的程度也不相上下。尤其柔伊回家睡覺的那幾天，我更是看得出來。通常是在週一或週四，我們會陪她走路去等校車，那幾天早上家裡似乎充滿活力，我和丹尼都不需要鬧鐘就可以醒來，焦慮地在漆黑中等待叫柔伊起床的時間到來。我們不想錯失與她相處的任何光陰。那幾天早上，丹尼完全變了一個人。他充滿慈愛地幫柔伊打包午餐，用他常用筆記本的紙留一張紙條，寫下一個想法或是笑話，希望她午餐看到時能會心一笑。他小心翼翼地做花生奶油夾香蕉三明治，切香蕉時每片都切得一樣厚。（那幾天我很開心有剩下的香蕉可吃。我愛香蕉的程度不亞於鬆餅，鬆餅是我最愛的食物。）

等柔伊搭上黃色校車，另一位三個孩子的爸爸偶爾會請我們喝咖啡，我們有時會接受邀請，走路去麥迪遜一家不錯的糕餅店，在人行道上的桌子坐下來喝咖啡。直到有一次，那位父親說：「你太太在上班嗎？」他顯然好奇伊芙爲何不在。

「沒有，」丹尼回答，「她得了腦癌正在恢復中。」

那人聽了悲傷地低下頭來。

那天之後，每次我們去站牌那邊，那人總是忙著跟別人講話或是查看他的手機。我們再也沒有跟他說過話。

25

二月，正逢隆冬，我們去華盛頓州中北部一個叫美度谷的地方旅行。美國人很重視偉大總統誕生的日子，所以學校會放假一週，丹尼、柔伊和我到雪山中的一座小屋去慶祝。小屋主人是伊芙的一個親戚，我沒見過。當時天氣滿冷的，對我而言太冷了，儘管下午氣溫較高時我喜歡在雪地奔跑。我非常喜歡躺在牆角可移動式的暖氣機旁，至於運動、滑雪、玩雪板等運動，就交給其他人吧。伊芙身體太虛弱還不能旅行，她的父母也沒有參加，不過很多人都來了，都是親戚。我偷聽到有人說，我們之所以也去，是因爲伊芙認爲柔伊應該和親戚們多往來，因爲有人說她——也就是伊芙——快死了。

我不喜歡這些推論：第一個推論說伊芙快死了；第二個推論說柔伊應該跟不認識的人相處，因爲伊芙快死了。這些人穿著寬鬆褲子、羊毛背心和有汗味的運動衫，感覺似乎非常和藹可親，但是我不確定。我納悶的是爲何他們要等到伊芙病了才冒出來說要陪誰。

他們人數頗多，我不知道誰跟誰是一家。我知道他們都是堂親或表親，但有些世代讓我有點搞不清楚。有些人沒了父母而是跟叔叔阿姨等旁系親戚一起來，有些人可能

只是朋友。柔伊和丹尼不太與其他人往來，但他們還是參與部分團體活動，像是雪地騎馬、滑雪橇和穿雪鞋走路。集體用餐的氣氛很歡樂，儘管我決定跟他們疏遠一點，其中一個表親或堂親卻總是在吃飯時餵我吃東西。晚餐時我就在巨大的餐桌底下晃來晃去（這倒是有違我的個人原則），但從沒有人踢趕我。不過屋子裡處處瀰漫著沒有紀律的氣氛，小孩子晚上可以很晚睡覺，大人則在大白天像狗一樣亂睡。那我爲何不能也跟著一起放縱？

雖然我內心充滿矛盾，但是每晚都有一件很特別的事情讓我非常開心。這間屋子裡有很多一模一樣的房間，每間房間都有許多樣式相同的床，能容納這麼多人，而屋外有個設有大壁爐的石頭天井。想當然爾，在夏季時分，那是用來做戶外烹飪用的，但是冬天大家也會用壁爐。石頭摸起來感覺非常冰冷，上面還有掉落的鹽粒，卡進我的肉墊時會痛，但是我不介意，因爲我愛火爐。火！燃燒起來劈啪作響又炙熱溫暖。晚餐後他們會生火聚集，大夥裹著大外套，其中有個人拿著吉他，戴著露出指頭的手套，演奏音樂讓大家一起唱。外頭氣溫低到不行，但是我在爐子邊有個位置，而且天空十分漆黑，因此還可以看星星，數以百萬的星星！另外還有遠方傳來的聲響，包括覆雪的樹枝被風吹斷的劈啪聲，還有我的兄弟土狼的吠聲，彼此呼喚要出獵。等寒冷戰勝火爐的熱度，我們紛紛進屋，各自回房，我們的皮草和夾克上都有煙薰味，還有松樹枝與藥蜀葵的味道。

一天晚上，大家圍著火爐坐的時候，我發現丹尼有個仰慕者。她很年輕，是某人的姊妹，顯然丹尼幾年前在感恩節或是復活節見過她，因爲丹尼和其他人一看到她就說她怎麼長得那麼大了。她是少女，胸部豐滿到可以哺乳，屁股已經寬到可以生孩子，所以也算是個成人了，不過舉止仍像個孩子，老是在問可不可以做這個做那個。

這位吾家有女初長成的女孩叫做安妮卡，爲人非常奸巧，總是知道怎樣拿捏時間和位置來接近丹尼。圍火爐時她坐在丹尼旁邊，吃飯時她坐在丹尼對面，每次丹尼坐在某輛旅行車的後座，她也坐後座。他講什麼話她都笑得好大聲。她喜歡他脫下汗溼的滑雪帽後頭髮的模樣。她宣稱極度崇拜他的手。她溺愛柔伊，一提到伊芙就變得情緒化。丹尼沒注意到她的殷勤，我不知道他是故意還是怎麼了，但是他的樣子完全像是丈二金剛摸不著頭緒。

沒了腳踝的阿基里斯[1]算什麼？沒有情婦大利拉的大力士參孫[2]又算什麼？沒有畸形腳的伊底帕斯[3]又是誰？天生啞巴的我，爲了滿足自尊心和自我利益，所以研究了雄辯修辭學的藝術，因此我知道這些問題的答案。

眞正的英雄是有缺陷的。一個冠軍的眞正考驗不在於他是否能成功，而在於他是否能克服困難（而且困難最好是源自他自身的缺點），然後邁向成功。一個沒有缺點的英雄，對觀眾或是宇宙都不具意義，畢竟宇宙本身亦充滿衝突與對立，不可抗拒的力量會遇上無法推移的物體。這也是爲什麼麥可·舒馬克，這位顯然是一級方程式賽車史上罕見的天才冠軍車手，贏過無數次冠軍，創下一級方程式賽車史上無數紀錄的大贏家，卻常常不被賽車迷列爲最喜愛的冠軍車手。他不像洗拿。洗拿跟舒馬克一樣，常運用迂

迴、大膽的戰術，但是洗拿常在剎那間出手，被人形容爲有魅力、有情緒的車手，反觀舒馬克卻被形容成冷靜而遙不可及。舒馬克沒有缺點，他有最棒的車子、最有錢的車隊、最好的輪胎、最佳的技術。他贏了有什麼好高興的？就像太陽天天升起，有什麼好崇拜的？我讚賞日出的美，但是我不覺得每天都會升起的太陽有什麼了不起。所以囉，既然我要講丹尼的故事，一個眞正冠軍的故事，不去講他的錯誤和失敗似乎有點說不過去。

週末將近，廣播說氣候將有變化，丹尼變得有點緊張。該是回西雅圖的時候了，他想要離開，走高速公路，然後開五小時山路回到我們位於山另一頭的家。西雅圖那邊雖然陰冷潮溼，但至少沒有六呎的積雪和零下的氣溫。丹尼說他得回去上班，而柔伊需要時間調整返校。然後……

然後安妮卡也說她要回去。她是聖名學院的學生，需要趕回去跟同學討論，準備有關永續環保議題的某項計畫。她講得好像很急，不過那是在她明白丹尼要提前返家之後。她知道如果她必須返家的時間和丹尼吻合，就能爲自己贏得與他同車五小時的時間，看著他手握方向盤、頭髮篷亂的樣子，吸入他身上讓人興奮的男人味……持續五小時。

我們要出發返家的那天早上，暴風雨剛開始，小屋的窗子被雨猛擊，力道之大我從未見過。丹尼整個早上都很煩惱。廣播說因爲暴風雨的緣故，史提文斯關口封閉，改走史諾國米關口則要有雪鏈裝備。

「留下來！留下來！」

那些無趣的親戚們都這麼說。他們每一個都令我討厭，身上臭得要命，即使洗了澡，還是穿回沒洗的運動衫，汗臭味像回力棒一樣又回到他們身上。

我們速速吃了午餐就出發，在路上的加油站停下來買輪胎用的雪鏈。往南的路上非常恐怖，冰雨積在擋風玻璃上，因爲雨刷來不及刷，每開幾英里，丹尼就得停車下來刮掉結冰。這樣行車很危險，我一點都不喜歡。我跟柔伊坐後座，安妮卡坐前座。我看得出來丹尼的手握方向盤握得太緊。開賽車時手要放鬆，我看丹尼比賽時的車內錄影帶他都是放鬆的，他總是會伸展指頭提醒自己要放鬆。但是那天沿著倫比亞河開車的艱苦車程，丹尼簡直死抓著方向盤。

我非常擔心柔伊，她顯然是怕死了。車子後座比前座顛簸，所以她和我比較能感受到冰所造成的滑溜感。我知道柔伊有多恐懼，於是我讓自己進入抓狂狀態，讓自己失控，突然間我變得極度驚慌失措。我拚命推窗戶，試圖爬到前座，這種反應肯定會造成不良後果。丹尼終於大叫：「柔伊，妳安撫一下恩佐！」

她抓住我的頸間，緊緊抱住我往後一靠，我便落入她懷中，她開始在我耳邊唱歌，我記得她以前唱過這首歌：「哈囉，小恩佐，眞正高興地見到你……」她剛上幼稚園小班時學了這首歌，以前常常跟伊芙一起唱。我放輕鬆讓她安撫我。「哈囉，小恩佐，眞正高興地見到你……」

我想說的是，我眞是自己命運的主人啊，我完全掌控了大局，讓自己發瘋，這樣

一路上柔伊就可以安撫我，忘記自己的不安。不過說眞的，我必須承認我很高興她抱住我。我其實眞的非常害怕，我感激她的照顧。

車流舉步維艱但持續緩慢前進。許多車子停在路肩等暴風雨停，可是廣播上的男、女氣象播報員都說等待只會更糟，因爲鋒面停滯，雲層又低，等暖空氣如預期般到來，冰會變成雨，就會開始淹水。

當我們來到二號公路交流道，廣播說布萊威關口因爲聯結車車禍而封閉，我們必須繞遠路到華盛頓州喬治城附近的I-90公路。丹尼以爲走I-90會快一點，因爲路比較大，但其實更糟。雨又開始下了，中央分隔島看起來比較像是洩洪道，而非分隔東西的綠色安全島。可是我們還是繼續上路，沒有別的選擇。

勉強開了七小時後，如果天氣好的話，離西雅圖還有兩小時車程，這時丹尼要安妮卡打行動電話給她父母，請他們在克雷艾倫幫我們找地方住，但是他們回覆說因爲暴風雨的緣故，所有汽車旅館都客滿。我們在一家麥當勞暫停，丹尼買食物給我們吃（我吃的是雞塊），然後繼續前往伊斯頓。

進入伊斯頓之前，公路邊都是積雪，丹尼跟其他十幾輛汽車和卡車一樣停在路邊的加裝雪鏈區，然後冒雨下車。他躺下來裝雪鏈，花了半小時，等他回到車上，全身溼透又顫抖。

「你好可憐。」安妮卡說，一邊搓搓他的肩膀幫他暖一暖。

「關口快要封閉了，那個卡車司機剛剛聽到廣播。」丹尼說。

「我們不能在這邊等嗎？」安妮卡問。

「他們估計會淹水。如果今晚不過關的話，我們可能會被困上好幾天。」

天氣實在糟透了，又是雪又是冰，加上冷死人的大雨。但是我們繼續前進，老舊的BMW發出嘎嘎聲爬上山，直到我們來到山頂滑雪吊車處，一切都變了，沒有雪，沒有冰，只有雨。這下子我們在雨中可高興了。

不久，丹尼停下車拆雪鏈，又花了半小時，弄得全身溼透，然後開始下山。擋風玻璃上的雨刷全速來回刷動，卻沒有多大幫助，能見度很低。丹尼緊緊抓住方向盤，摸黑前進，我們最後抵達北彎，然後是艾薩卡，再來是橫跨華盛頓湖的浮橋。時間接近午夜，原本五小時的車程花了超過十小時，安妮卡打電話給她的父母說我們安全抵達西雅圖，他們鬆了口氣。他們告訴她（是她跟我們說的），突如其來的淹水造成土石流，山頂處往西的I-90公路被封閉。

「我們剛好躲過，感謝老天。」丹尼說。

小心命運無常啊，我對自己說。命運眞是一條該死的母狗。

「不，不，」安妮卡對著她的手機說，「我要留在丹尼家。他太累了不能再開車，柔伊在後座睡覺，她應該上床睡覺了。丹尼說他明天早上可以載我回家。」

丹尼聽了納悶地轉過頭看她，心想自己是否有說過這句話。我當然知道他沒有。安妮卡對他微笑眨眼。她講完電話把手機放進袋子裡。「我們快到了。」她說，一邊看著擋風玻璃前方，因為興奮而喘息。

他爲什麼當下不採取行動？他爲何不馬上開回高速公路，駛向她家所在的艾德蒙茲？他爲何不發一語？我永遠不會知道。或許，在某種程度上，他需要與人接觸，好重溫他與伊芙曾經共享過的熱情。或許吧！

回到家裡，丹尼抱柔伊回房睡覺。他打開電視，我們收看官方封閉史諾國米關口的新聞，他們預計樂觀的話只要幾天，不過也可能超過一週。丹尼去浴室脫掉溼衣服，換上運動褲和舊T恤回來，從冰箱拿出一瓶啤酒打開。

「我可以淋浴嗎？」安妮卡問。

丹尼看似有點驚訝。經歷那麼多化險爲夷的情況後，他幾乎忘記她還在。

他告訴她毛巾放在何處，如何手動調整水溫，然後關上浴室門。

他拿出備用的床單、枕頭和毯子，打開客廳的沙發床，幫安妮卡鋪床。弄好之後，他回到自己的房間，坐在床邊。

「我累死了。」他對我說，然後往後倒在床上，手放在胸前，腳還在地上，膝蓋掛在床緣，就這麼開著燈睡著了。我躺在他旁邊的地板上也睡著了。

我睜開眼睛看到她站在丹尼旁邊。她的頭髮是溼的，穿著丹尼的浴袍。她沒說話。她端詳著熟睡的丹尼好幾分鐘，而我看著她。這眞是恐怖的行爲，讓人毛骨悚然。我不喜歡這樣。她打開浴袍，露出一塊蒼白的肌膚和肚臍上的太陽刺青。她沒講話，脫下浴袍，裸身站著，用她的大胸部和棕色乳頭對著他。他還是不省人事，繼續睡著。

她俯下身，把小手伸進他的運動褲褲頭，把他的褲子褪到膝蓋。

「不要。」他低聲含糊地說，眼睛依舊閉上。

他開了超過十小時的車子，經過雪、冰和雨的折騰，他已經沒有力氣抵抗攻擊。她把他的褲子褪到腳踝，提起一隻腳後再提起另一隻腳，好把褲子完全脫掉。她看著我。

「噓。」她說。

我沒有叫，我太生氣了，但是我也沒有攻擊，我克制住了。斑馬又在跳舞了。

她輕蔑地看著我，再把注意力轉向丹尼。

「不要。」他愛睏地說。

「噓，」她發出噓聲，「沒關係。」

我有信心，我對丹尼永遠有信心，所以我必須相信她對他做的事情，他並沒有同意，他也不知道。他與此事無關。他是身體的囚犯，他的身體已經沒了力氣，她卻占他的便宜。

但是我不能再袖手旁觀了。我曾經有機會阻止惡魔破壞柔伊的玩具，結果失敗了，這次面對新的考驗我不能再失敗。我大聲狂吠，充滿攻擊力。我狂吠，我亂咬，丹尼突然驚醒，他的眼睛睜得很大，看到那位裸女，趕緊從她身邊跳開。

「搞什麼鬼啊？」他大叫。

我繼續狂吠，惡魔還在房裡。

「恩佐！」他大喊，「夠了！」

我停止吠叫，但是盯著她以防她再度攻擊他。

「我的褲子呢？」丹尼發瘋地問，人站在床上。「妳在幹什麼？」

「幫你口交，」她說，「我好愛你的身體。」

「搞什麼鬼？我結婚了！」

「我們又沒做，我只是幫你口交而已。」她說。

她爬上床，朝著他爬過去，所以我又開始叫。

「把狗弄走。」她說。

「安妮卡，住手！」

丹尼抓住她的手腕，她嬉鬧地蠕動。

「夠了！」他大叫，一邊跳下床，抓起在地上的運動褲，快速穿上。

「我以爲你喜歡我。」安妮卡說，她的心情瞬間轉壞。

「安妮卡……」

「我以爲你要我。」

「安妮卡，把這穿上，」他拿著浴袍給她說，「我不能跟一個十五歲的裸女講話。這是犯法的。妳不應該待在這裡，我帶妳回家。」

她抓住浴袍。

「可是丹尼……」

「安妮卡，拜託妳，穿上袍子。」

丹尼綁好運動褲的褲腰帶。

「安妮卡，這是不可以的！我不知道妳為何以為……」

「都是你！」她哀號然後開始哭泣。「一週以來，你一直跟我調情。你捉弄我，你親吻我。」

「我吻的是妳的臉頰，」丹尼說，「親戚吻頰是正常的，那是關愛，不是愛情。」

「可是我愛你啊！」她怒吼，然後號啕大哭，雙眼緊閉，嘴巴扭曲。「我愛你！」她一再重複說。「我愛你！」

丹尼被困住了。他想安慰她，但是他一接近她，她就放開胸前抓著一團浴袍的手，大胸部突然露出來，乳房也因爲大哭而波濤起伏，他看到袒胸就只好後退。這種情況發生好幾次，他好像變成一個可笑的玩具，像一隻拿著敲擊樂器的猴子。他過去安慰她，她放下手，胸部就彈出來見他，他只好退後。我感覺像在看骨董投幣式色情片機裡面一場活生生的演出，情節就像在《特技人》電影中一樣，描述有隻熊站在鞦韆上跟一個女孩交配。

最後，丹尼必須終結這一切。

「我要離開房間。妳穿上浴袍，放尊重一點。等妳穿好衣服就來客廳，我們可以進一步討論。」他說。

他轉身離開，我跟在後面，然後我們等她出來。我們一直等，一直等，最後她穿著浴袍出來，眼睛哭腫了。她沒說半句話，直接走進浴室。過一會兒，她穿好衣服出來。

「我載妳回家。」丹尼說。

「我打給我爸了，」安妮卡說，「從浴室裡打的。」

丹尼整個人呆掉。我突然嗅到屋內有種恍然大悟的味道。

「妳怎麼跟他說的？」他問。

她看著他好一會兒才回答。如果她是故意讓他焦慮不安，那倒是成功了。

「我叫他來接我，」她說，「這裡的床很不舒服。」

「好，」丹尼鬆了口氣說，「妳說得好。」

她沒回應，繼續瞪著他看。

「如果我讓妳誤會了，我很抱歉，」丹尼說，一邊把頭轉開。「妳是很有魅力的女人，但是我已婚，妳又那麼年輕。這是不可行的……」

他沒把話講完。

「不可行的外遇。」她堅決地說。

「是不可行的情況。」他低聲說。

她拿起她的手提包和露營用品，走到玄關。車子抵達時我們都看到車燈。安妮卡甩開大門，跑到外頭去。丹尼和我從門廊看著她把包包扔進賓士車的後座，然後坐進前座。她爸爸穿著睡衣，對我們揮揮手，車開走了。

❶阿基里斯（Achilles）：荷馬史詩《伊里亞得》的英雄主角，也是圍攻特洛伊城的主將。傳說他母親在他嬰孩時，曾經握住他的雙腳，把他浸入冥河中，賦予他金鋼不壞之身，但沒沾到水的腳踝卻成了他的弱點。

❷大力士參孫（Samson）、大利拉（Delilah）：《聖經》中的大力士參孫，其神力都來自他的一頭亂髮。情婦大利拉哄騙參孫說出自己的罩門，並趁參孫熟睡時剃了他的頭髮，參孫因此遇難。

❸伊底帕斯（Oedipus）：希臘神話中被預言會殺父娶母的伊底帕斯，被生父挑斷腳筋，所以腳部受傷浮腫。伊底帕斯在希臘文中意為「浮腫的腳」。

26

那年冬天的每個月都好冷，等到四月，第一個溫暖的春天終於到來，樹木花草都迫不及待綻放，電視新聞還得警告大家小心過敏大流行。藥局裡的抗組織胺劑都賣完了，賺人病痛錢的藥廠可樂翻了。還有什麼比又冷又溼的冬天後面接著暖春更好的？先是感冒藥大賣，緊接著感冒病號而來的，又是人數破紀錄的花粉熱。（我相信本來沒有那麼多人對環境過敏，直到他們開始用許多藥品和毒物污染自己的世界。不過，沒有人問我的意見。）所以當全世界關注花粉熱造成的不便時，在我的世界裡的那些人則有其他事情要做：伊芙無可逆轉地繼續往死亡邁進，柔伊老是跟外公外婆在一起，丹尼和我則設法減緩心跳，這樣我們比較不會感覺痛苦。

不過丹尼還是會偶爾放鬆一下，那年四月就是一個例子。他曾任教的賽車學校給了他一個工作機會，他們要雇用賽車手拍電視廣告，所以請丹尼擔任其中一位駕駛。賽車場地位於加州，一個叫霹靂山賽車公園的地方。我知道這件事情會發生在四月是因爲丹尼講了好一陣子，他非常興奮。但是我不知道這趟十小時的車程，他打算自己開車去。我更不知道他打算帶我同行。

我開心到不行！丹尼、我和我們的BMW，開一整天的車子，像亡命之徒一樣結夥逃命。我們這樣的行為非得用一種罪行定罪，這樣才有理由用賽車來逃避一切麻煩！

這趟南行不算特殊，奧瑞岡中部並不以風景聞名，即便該州其他部分美不勝收。加州北部的山上還有積雪，雪讓我聯想到安妮卡占便宜的事件，那一段不堪回首的記憶讓我害怕走雪路。幸好，西斯奇尤斯的積雪只侷限在公路路肩，路面光滑潮溼，然後我們開下山，進入沙加緬度北邊的綠地。

好一片美景！果真令人驚艷，放眼無際，一片欣欣向榮。在沉睡的冬季和炙熱的夏季之間，夾帶了一個生長的季節，山上覆蓋著一大片剛長出來的綠草和遍地野花。人們開著牽引機耕作、翻土，土地散發濃烈的氣味，包括水氣和腐敗味、肥料和柴油煙味。在西雅圖，我們住在樹林和水道之間，感覺像是在生命的搖籃中輕輕搖晃。那裡的冬季不冷，夏季不熱，我們慶幸自己挑了這麼棒的地方來安居立業。但是在霹靂山賽車公園附近，春天就是春天！再也沒有其他地方更有春天的味道。

我還要講講那裡的賽道。賽道相當新，照料仔細，充滿彎曲與高度變化的挑戰，相當具有可看性。到達的第二天早上，丹尼帶我去慢跑，我們跑完了整個賽道。他這樣做是為了熟悉賽道。他說，坐在賽車裡，時速一百五十英里以上，無法真正看到賽道，你必須走出來感受它。

丹尼向我解釋他在賽道上找什麼——會破壞賽車懸吊結構的路面凸起，還有肉眼可見的賽道接合處，可標記為煞車點和拐彎點。他會摸摸彎道頂點的路面，感受柏油路的

狀況，看看有沒有被磨得平滑。他是否能在別人已經走過並劃下的賽車線旁邊找到更好的路線？某些彎道的弧度還暗藏玄機，坐在車內看似平坦的軌跡，事實上有些微的弧度，這通常是爲了讓雨水滑落車道，不要造成危險的水窪。

等我們走完全部賽道，研究過三英里全長和十五個彎道後返回闈場。兩輛大型貨車已經抵達。幾個穿賽車車隊制服的人搭起帳篷和遮雨篷，擺出精緻的餐點，其他人則卸下六輛一模一樣、漂亮的奧斯頓・馬丁ＤＢ５超跑（該車款因爲〇〇七詹姆士・龐德電影而出名）。丹尼對一個手拿筆記板、走路樣子看似負責人的男士自我介紹。他叫做肯。

「謝謝你的用心。但你來早了。」肯說。

「我想在賽道上走一走。」丹尼解釋。

「請自便。」

「我已經走過了，謝謝。」

肯點頭然後看他的錶。

「現在玩賽車引擎還太早，但是你可以開你的車子跑一跑，只要別太誇張。」他說。

「謝謝。」丹尼說，然後他對我眨眼。

我們走到隊員卡車那邊，丹尼抓住其中一名隊員的手臂。

「我是丹尼，」他說，「其中一名駕駛。」

那人伸手出來握手，說他叫做派特。

「你還有時間，那邊有咖啡。」他說。

「我要開車子去兜幾圈，肯說沒關係。我在想你們是不是有安全繩帶可以借我。」

「你要安全繩帶做什麼？」派特問。

丹尼迅速瞄了我一下，派特笑了。

「嘿，吉姆，」他喊另外一個人。「這個人想借安全繩帶好帶他的狗去兜風。」

他們一起笑出來，我有點困惑。

「我有一樣更好的東西。」那位叫吉姆的說。他走到卡車駕駛座，一分鐘後拿了床單回來。

「拿去，」他說，「如果他拉屎的話我可以拿回旅館洗。」

丹尼要我坐進他的車子前座，我照做。他們用床單把我包起來，壓進座位裡，只剩頭伸出來，然後把床單緊緊綁在座位後面。

「太緊嗎？」丹尼問。

我興奮到無法回答。他要帶我去兜風！

「開慢點，注意看他撐不撐得住，」派特說，「沒有什麼事情比清理狗的嘔吐物更糟了。」

「你清過嗎？」

「是啊，我的狗超愛兜風呢！」他說。

丹尼繞到駕駛座那邊，從後座拿出頭盔戴在頭上。他坐進車內，綁上安全帶。

「叫一聲表示慢一點，兩聲表示快一點，懂嗎？」

我叫了兩聲，結果嚇了他、派特和吉姆一跳，他們兩人同時往車後座的窗邊靠。

「還沒開車他就已經想要快一點了，你的狗還眞猛！」吉姆說。

霹靂山賽車公園的闈場位於兩條平行的長直道中間，其他的賽道像蝴蝶翅膀一樣呈扇形自闈場散開。我們從維修站慢慢來到賽道入口。

「我們會慢慢開。」丹尼說完，我們就出發了。

在賽道上行駛對我而言是全新的體驗。車子兩旁沒有建築物，沒有招牌標誌，你無法掌握周邊的大小比例感。感覺就像在平地跑，在一大片平原上滑行。丹尼換檔換得很順，但是我發現他在賽道上開車比在路上來得更野心勃勃。他的速度比較快，煞車也比較猛。

「我在尋找我的視線標的，」他跟我解釋，「像是拐彎點、煞車點。有些人開車比較憑感覺，抓到一個節奏就相信它。但是我非常仰賴視覺，有視線標的物的話我會比較安心。雖然我沒開過這個賽道，但是我已經有許多標的物，我們剛剛走賽道的時候，我已經在每個彎道處記下七、八樣特別的東西。」

我們開始走彎道。爲了我好，他會開慢點，記下彎道的頂點和出口。進入直道我們就加快速度。我們開得不快，大約六十英里，但是轉彎時我眞的可以感受到車速，因爲輪胎發出像貓頭鷹的鬼叫聲。丹尼從沒帶我跑過賽道，我感覺很安全又放鬆，被緊緊綁在座位上很舒服。車窗是開的，風感覺起來清新而有寒意。我可以這樣待在車裡跑一整天。

開了三圈後他轉過來看我。

「煞車熱了，」他說，「輪胎熱了。」

我不知道他打什麼主意。

「想不想試試開快一點？」

開快點？我吠了兩聲，然後又再次吠了兩聲。丹尼笑了。

「如果不喜歡你就叫出來，長吠一聲。」說完他把油門踩到底。

加速的感覺眞是沒得比。這世上沒有任何東西能比。

我們加速衝向第一條直道時，把我綁在座位上的是瞬間的加速度，而非吉姆的床單。

「坐穩了，」丹尼說，「我們要加速了。」

我們得開快一點，再快一點，急速奔馳。我看到彎道接近，賽道路面於車子轉彎時好像整個撲上來似的壓迫視線，直到我們完全通過爲止，然後他放開油門，用力踩煞車。緊接著車頭急降，我非常感激身上綁了床單，否則我早就被甩到擋風玻璃上了。慢慢地，煞車把碟盤卡得很緊，直到摩擦生熱，熱度從卡鉗傳開來，抵銷能量。然後他把輪胎往左，十分流暢且毫無停頓，接著又重新加油，我們在彎道中推進，引力把我們往車外方向拋，但是還好有輪胎抓住地。這下輪胎並沒有發出像剛剛那種貓頭鷹般的叫聲，貓頭鷹死了。輪胎開始發出尖銳刺耳的聲音，大叫、怒吼，痛苦地哭喊：「啊啊啊

啊啊！」他在彎道頂點處放鬆輪胎，車子往彎道出口方向飄移過去，這時他把油門踩到底，我們就飛——飛啊！——飛出彎道，繼續前往下一個彎道，然後再下一個彎道。霹靂山共有十五彎。十五個彎道，我全部都喜歡，每一個我都愛，每一個彎道都不一樣，都有獨特的刺激，但是每一個都超讚！我們繼續在賽道上衝刺，越跑越快，一圈接著一圈。

「你還好嗎？」他看著我問，當我們在直道加速到時速將近一百二十英里。我吠了兩聲。

「你要我再跑下去，我的輪胎可會耗盡。」他說，「再一圈。」

好，再一圈，再一圈，永遠都要再一圈！我活著就是爲了要再一圈。我願意爲了再一圈付出生命！求求你，上帝，請再給我一圈！

那一圈眞是了得。我聽丹尼的指示抬起眼睛。「眼睛睜大點，看遠點。」他說。那些標示點，那些我們走過賽道時看到的記號，移動得好快，我花了些時間才明白他根本沒看見。他只是在「實踐」它們！他已經把賽道的路線圖記在腦子裡，就像腦袋裡有個GPS全球定位導航系統。當我們轉彎減速時，他的頭已經抬起來看下一個彎，而不是我們正行駛過的彎道頂點。我們所在的彎道對丹尼來說不過是一種存在狀態。那是我們行經之處，他很高興駛過那裡，我可以感受到他的喜悅和他對生命的熱愛。但是他的注意力——他的「意圖」——已經跑得老遠，跑到下一個彎道，甚至在下下個彎道。每一次的呼吸，他都重新調整、定位，再次校正，不過這一切都是在潛意識裡面完成。這時我才明白他如何在一場比賽中計畫於三、四圈之後，超越另一名駕駛。他的思考、他的戰略、他的心思，那一天丹尼全部秀給我看。

再跑一趟降溫後，我們停入闈場，所有工作人員都在那裡等著。他們圍上前，把我從乘客座位解下來，我跳回柏油碎石路面上。

「你喜歡嗎？」他們其中一人問我，我吠叫——喜歡！——我又叫又跳。

「你剛剛眞不是蓋的，」派特對丹尼說，「看來我們場上有個眞正的賽車手。」

「恩佐剛剛叫了兩聲，」丹尼笑著解釋說，「兩聲表示快一點！」

他們笑了，我再次吠了兩聲。快一點！那種感覺，那種刺激，那種奔馳，那種速度。汽車，輪胎，聲響，風速，賽道表面，頂點，出口，轉換點，煞車區，開車兜風……一切都是關於兜風！

那一趟沒什麼好說的了，因爲再也沒有什麼比得上丹尼載我繞的那幾圈。在那之前我還「以爲」我喜歡賽車，我自以爲喜歡待在賽車裡面的感覺，其實我根本不懂；沒眞正坐進賽車裡狂飆、轉彎、煞車，體驗接近極限的感覺，怎麼會懂？

接下來的行程我仍處於飄飄欲仙的狀態。我夢想能夠再次出去飆車，但我懷疑自己再次踏上賽道的可能性——結果我的懷疑也是正確的。不過沒關係，我保有我的回憶，可以讓我在心中反覆重播。叫兩聲表示快一點。直到現在，我偶爾還會在睡夢中叫兩聲，因爲我夢到丹尼帶我去霹靂山駕車，我倆正在繞圈，我叫兩聲示意要快一點。再一圈，丹尼！快一點！

27

六個月來，六個月去，伊芙還活著，第七個月過去，然後第八個月過去。五月一號，丹尼和我受邀去雙胞胎家吃晚餐。那很不尋常，因爲是週一晚上，而我從沒和丹尼在非週末的晚上去拜訪。我們尷尬地站在客廳，客廳裡的醫院病床空空的，而崔許和麥斯威爾在準備晚餐。伊芙不在。

我在走廊上走來走去查訪，發現柔伊自己安靜地在她的房裡玩。她在麥斯威爾和崔許家的房間比在家裡的大很多，裡面充滿各種小女孩想要的東西：洋娃娃和玩具，荷葉邊床裙，天花板上還畫了雲朵。她陶醉在她的娃娃屋當中，沒注意到我進房。

我看到地板上有一顆襪球（應該是他們把洗淨的衣服放進她房內時掉下來的），我撲過去抓住它，嬉皮笑臉地叼到柔伊腳邊，用鼻子輕推，然後前腳趴下，屁股和尾巴翹高。這是全球通用的「狗語」，意思是：「我們來玩吧！」但是她不理我。

所以我再試一次。我咬住襪子，扔到空中，用我的口鼻拍它，把球咬回來，再丟到柔伊腳邊，然後趴下。我準備要好好玩「恩佐接」的遊戲，但她不想。她用腳把襪子推到一邊。

我充滿期待地叫了一聲，這是我最後一次努力。她轉過來嚴肅地看著我。

「那是小孩子玩的遊戲，我現在要當大人了。」她說。

我的小柔伊，這麼小就要當大人，眞是可悲的想法。

我失望地緩緩走向門口，並回頭看她。

「有時候不好的事情會發生，」她自言自語，「有時候世界會改變，我們也要跟著變。」

她講的是別人說的話，我不確定她眞的那麼想或是她眞的懂。也許她設法背起這些教誨，因爲她希望那會指引她走向不確定的未來。

我回到客廳陪丹尼一起等，直到伊芙終於從臥室和浴室所在的走廊上出現。休息時猛織毛線的護士扶著她走出來（金屬棒針摩擦的聲音讓我抓狂）。伊芙眞是出色：她穿著剪裁合身的漂亮海軍藍長洋裝，戴著可愛的日本淡水小珍珠項鍊（丹尼送她的五週年紀念禮物）。她還化妝做頭髮（她的頭髮已經長到可以做髮型），整個人容光煥發。儘管她在伸展台上需要人攙扶，她還是踏出了伸展台，而丹尼站起來給她鼓掌。

「今天是我出院以來第一天不覺得自己好像死掉一樣，」伊芙對我們說，「而且我們要好好慶祝。」

我也想過過看每天都像從死神手裡逃過一劫的那種日子。我想感受活著的喜悅，就像伊芙一樣。拋開每天都會遭遇的負擔、憂慮與苦惱，說自己活著眞好。這種生活態度値得嚮往。等我變成人以後也要這樣過日子。

慶祝之夜非常熱鬧，大家都很開心，不開心的也假裝開心，以爲沒人看得出來。即使柔伊也恢復以往的幽默感，她顯然暫時忘記自己必須變成大人。等我們該回去的時候，丹尼深深地吻了伊芙。

「我好愛妳，我希望妳可以回家。」他說。

「我也想回家，我會回家的。」她回答。

伊芙累了，所以坐在沙發上叫我過去，我讓她摩擦我的耳朵。丹尼幫柔伊準備上床睡覺，至於雙胞胎，總算難得一次保持禮貌性的距離。

「我知道丹尼很失望，」她對我說，「他們都很失望。大家都希望我做第二個抗癌鬥士蘭斯．阿姆斯壯❶。如果我能把病魔抓到面前，或許我可以戰勝它，但是我抓不到，恩佐，它比我強大，它無所不在。」

我們聽見柔伊在另外一個房間裡邊洗澡邊玩，丹尼陪她有說有笑，兩人彷彿無憂無慮。

「我不應該允許事情這樣發展，」她懊悔地說，「我應該堅持回家，這樣我們就可以在一起。這是我的錯，我早應該堅強點。不過丹尼會說我們不能爲已經發生的事情擔憂，所以……恩佐，請幫我照顧丹尼和柔伊，他們在一起是那麼開心。」

她搖頭甩開悲觀的想法，然後低頭看我。

「你知道嗎？」她問，「我已經不害怕了。以前我要你陪我是因爲我要你保護我，但是現在我再也不怕了，因爲那不是終點。」

她的臉上出現了我熟悉的伊芙式微笑。

「不過你早就知道，」她說，「你什麼都知道。」

我不是什麼都知道。但是我很清楚，醫生可以救助許多人，不過對於她的病，他們只能說自己束手無策。打從他們查出伊芙的病因，我就知道這是怎麼回事了。她身邊的每個人都接受診斷結果，並一再強調，提醒她病得有多重，所以她根本無法抵擋。你看得到的情況遂變成無可避免的結果。你的眼睛往哪裡看，車子就往哪裡去。

丹尼和我回家去。我不像以往那樣，在回程的車上睡覺。我看著貝悅和麥迪納的燈火閃爍而過，好美。我們走浮橋過湖，看著麥迪遜公園與雷西的燈火，市中心的樓房從貝克山的山脊後方探出。城市的喧囂，一切的塵土與歲月，就隱沒在夜色當中。

如果哪一天我要被執行死刑，我會選擇不戴遮眼布去面對我的劊子手，而且我會想起伊芙，想起她說的話——那不是終點。

當晚她過世了。她的最後一口氣帶走她的靈魂，我在我的夢裡看到這一切。我看到她吐氣時靈魂離開身體，然後她再也沒有需求、沒有神智。她從軀體中被釋放，一旦被釋放，便到他方繼續她的旅程。她緩緩升到靈魂聚集的蒼天之上，繼續所有的美夢和喜悅。那是我們這些朝生暮死者無法想像的，超越我們的理解範圍。但是即使如此，那也不代表我們達不到。我們只要選擇去達成，相信我們眞的做得到。

❶蘭斯·阿姆斯壯（Lance Amstrong）：美國職業自行車手，戰勝睪丸癌後連續七次獲得環法自行車賽冠軍。

28

早上，丹尼還不知道伊芙的事，而我，作了一個夢迷迷糊糊地醒來，卻早有預感。他開車載我去麥瑟島東岸的路瑟柏班克公園。因爲那是個溫暖的春日，那個公園很適合遛狗，園內有湖，丹尼可以丟球，我可以游過去撿。公園沒有其他的狗，就只有我們。

「我們要把她移回家裡，」丹尼丟球時對我說，「還有柔伊。我們應該全家在一起。我想念她們。」

我在冰冷的湖水裡游，把球撿回來。

「這個星期。這個星期我要帶她們兩個回家。」他說。

他再度擲球。我跋涉於湖底的石頭上，直到我的身體獲得浮力，然後我往球的方向游去，在湖中咬住球，再游回去。當我把球扔到丹尼腳邊，抬頭一看，他正在講手機，過一會兒他點頭然後掛掉。

「她走了。」他說，然後放聲大哭並轉過頭去。他把頭埋進手臂裡哭，所以我看不見。

我不是一隻會逃避事情的狗。在那之前我從來沒有拋棄過丹尼，在那之後我也不

會，但是在那一刻，我必須跑。

那應該是有原因的，我也不知道。可能是因爲狗兒公園的環境吧。公園就這麼設置在麥瑟島東岸，如此就緒。園內圍欄的架設分散，等於是沒有任何屏障，整個場景就是在懇求一隻狗快跑，逃離囚禁，對抗體制。所以我毅然決然地跑。

我往南跑，從分散的柵欄縫隙抄捷徑，奔向寬敞的空地，然後又轉向西跑。在通往露天圓形劇場的柏油路另一邊，我發現我所尋找的——未被馴服的狂野。我需要回歸野性。我沮喪、悲傷、生氣——來點什麼吧！我必須做點什麼！我需要找回自己，了解自己，搞清楚這個困住我們的可怕世界。蟲子、腫瘤和病毒侵入我們的腦子，產下惡臭的卵，孵化後從體內將我們生吞活剝。我需要用我的方式來擊敗它，踩扁攻擊我的東西，這是我的生存方式。所以我跑。

樹枝和藤蔓打到我臉上，粗糙的地面傷了我的腳。但是我一直跑，直到我看見我想看到的——一隻又肥又自滿的松鼠，正在吃一袋洋芋片。松鼠愚蠢地把洋芋片推進嘴裡，而我則從靈魂最黑暗處發現我從未體驗過的一種仇恨。我不知那股恨意從哪裡來，但是它就在那裡。我把恨發洩在那隻松鼠身上。松鼠太晚抬起頭來，太晚才注意到我，如果牠想活命就該早一點抬頭。這時我已經撲上去了。我撲向松鼠，牠一點機會都沒有。我狠下心朝牠一口咬下去，牠的背斷了，我的牙刺進它的毛皮，然後咬著牠把牠搖晃至死，手段兇殘。我一直搖晃牠，直到我聽到牠的脖子斷成兩截，然後把牠吃掉。我用牙撕開牠，門牙咬下去，血全都噴到我身上，感覺熱騰騰又濃稠稠。我飲下牠的生命，吃下牠的內臟，嚼碎牠的骨頭，然後吞下。我咬碎牠的頭骨，啃下牠的頭部。我吞掉那隻松鼠。我必須這麼做。我好想伊芙，想到我再也無法做人，我承受不起那種人類才能感受的痛苦，我必須再變回一隻動物。我狼吞虎嚥，大口吃肉，我做了所有我不應該做的事情。我努力人模人樣地度日，結果並沒有幫到伊芙——我是爲了伊芙而吞下那隻松鼠的。

我在樹叢裡睡著，過一會兒我恢復過來，又變回原來的我。丹尼找到我，未發一語。他帶我回車上，我坐進後座，馬上又睡著，嘴裡還有剛被我謀殺的松鼠血腥味，然後我夢到烏鴉。

我在夢裡追逐烏鴉，接著抓到烏鴉，把牠們趕盡殺絕。我這麼做都是爲了伊芙。

29

對伊芙而言，她的死代表痛苦的奮戰結束。對丹尼而言，苦戰才要開始。我在公園的自私行爲，只是在滿足自己的獸慾，而且我還耽誤丹尼，害他不能馬上去看柔伊。他氣我在公園裡拖延他，但是能讓他晚一點發現在雙胞胎家的事情，就算只有晚一點點，也是我能爲他做的最仁慈的事情了。

當我自沉睡中甦醒，我們已經抵達麥斯威爾和崔許家。停在車道上的是一輛沒有車窗、駕駛座車門上有白色鳶尾花形徽紋的廂型車。丹尼停車時特別留意不要擋住那輛車的進出，然後他帶我繞過屋側去屋後的水龍頭。他開水沖我的口鼻，動作粗魯又不高興。那不是洗澡，那叫做用力搓洗。

「你剛剛到底幹了什麼好事？」他問我。

洗完了髒土和血跡之後，他放開我，我把自己甩乾。他走到露台上的雙扇玻璃門敲門。過一會兒，崔許出現了，她開門並擁抱丹尼。她在哭。

過了許久，麥斯威爾和柔伊也出現了，丹尼放開崔許並問道：「她在哪兒？」

崔許指了一下。「我們要他們等你。」她說。

丹尼走進屋，走過柔伊時摸摸她的頭。崔許在他身後看著麥斯威爾。

「給他一點時間。」她說。

他們和柔伊走出來，關上雙扇玻璃門，好讓丹尼和伊芙最後一次獨處，即使她已經不在人世。

在我周邊的一片空寂中，我注意到花圃裡有一顆舊網球，我撿起球丟到柔伊腳邊。我不知道自己在做什麼，如果我有任何企圖的話——難道我是想讓大家心情愉快一點嗎？——我不知道，但是我覺得我必須做點什麼。所以球反彈後停在她的光腳丫子旁邊。

柔伊低頭看球，但是沒有反應。

麥斯威爾看到我的行爲，而且發現柔伊沒有反應，他撿起球，非常用力地把球扔進屋後的林子裡，以至於我看不到球，只能勉強聽到球落地時擦過樹叢的聲音。能把球擲得這麼遠，眞是令人印象深刻，褪色的網球就這麼飛過清澈的藍天。我不知道有多少內心的痛苦被發洩在那顆球上。

「去撿啊。」麥斯威爾諷刺地對我說，然後轉過身看著屋子。

我沒去撿，反倒是跟他們一起等丹尼回來。他一出來就立刻走向柔伊，抱起她，緊緊抱住。她也緊緊環抱住他的脖子。

「我好難過。」他說。

「我也是。」

他在其中一張柚木躺椅坐下，柔伊在他膝上，她把臉埋進他的肩膀，動也不動。

「葬儀社的人現在要帶她走，」崔許說，「我們要把她葬在家族墓園。這是她交代的。」

「我知道，」他點頭說，「何時？」

「這週末之前。」

「那我要做什麼？」

崔許看了麥斯威爾。

「我們會安排，」麥斯威爾說，「但是我們有事情要跟你談。」

丹尼等麥斯威爾繼續說下去。

「妳還沒有吃早餐，柔伊，」崔許說，「跟我來，我幫妳煮蛋。」

柔伊沒有動，直到丹尼拍拍她的肩膀，輕輕把她放下來。

「跟外婆去吃點東西。」他說。

柔伊乖乖跟崔許進屋。

等她走了，丹尼閉上雙眼，身體往椅背靠，仰天深深地嘆氣。他保持這個姿勢好久，好幾分鐘，像個雕像，動也不動。麥斯威爾不斷換腳站，轉移身體重心。有好幾次麥斯威爾欲言又止，好像不情願開口。

「我知道這遲早會發生，」丹尼終於說話了，眼睛依舊閉上。「但我還是很驚訝……」

麥斯威爾點頭。

「我和崔許很擔心。」他說。

丹尼睜開眼睛看著麥斯威爾。

「你們很擔心？」他的反應有點措手不及。

「你沒有做任何準備。」

「準備？」

「你沒有計畫。」

「計畫？」

「你一直在重複我說的話。」麥斯威爾停了一會兒說。

「因爲我不懂你在說什麼。」丹尼說。

「那正是我們擔心的事。」

丹尼還是坐著，身子往前傾，對著麥斯威爾皺眉。

「你們到底在擔心什麼，麥斯威爾？」他問。

然後崔許回來。

「柔伊在廚房邊吃蛋和土司邊看電視。」她對大家說。她有所期待地看著麥斯威爾。

「我們才剛開始談。」麥斯威爾說。

「喔，」崔許說，「我以爲……你說到哪裡？」

「換妳來說吧，崔許，」丹尼說，「麥斯威爾不太會起頭。你們擔心的是……」

崔許環顧左右，顯然很失望他們擔心的事情還未解決。

「是這樣子的，」她開始說，「伊芙的過世顯然是一件讓人心碎的悲劇。不過這麼多個月來我們也有心理準備。我和麥斯威爾花了很多時間討論我們的生活——我們所有人的生活——在伊芙過世後該怎麼辦。我們也曾經跟伊芙討論過，這點也要讓你知道。我們相信對大家最好的方式就是把柔伊的監護權給我們，在溫暖和穩定的家庭環境下扶養她長大，盡可能培育她，這該怎麼說比較好呢，意思就是我們能夠給她最好的養育。我們希望你能理解這樣說並不是在評論你的爲人或是身爲父親的能力，這純粹是爲了柔伊好。」

丹尼看看他們兩人，表情依舊相當困惑，但是他沒說話。

我也搞不懂。我的理解是：丹尼讓伊芙跟雙胞胎住，是爲了讓他們可以多點時間和垂死的女兒相處；他讓柔伊跟雙胞胎住，是因爲她可以陪她垂死的母親。我的理解是：一旦伊芙死了，柔伊就要回到我們身邊。我對他們過渡時期的處置都覺得情有可原，即使伊芙昨夜過世，接下來這一天，或甚至是這幾天，柔伊先跟外公外婆一起住也合理，但是怎麼會講到監護權？

「你覺得如何？」崔許問。

「你們不能拿走柔伊的監護權。」丹尼簡單地說。

麥斯威爾的臉垮下來，雙臂交叉，手指頭在二頭肌上彈著，身上罩著一件深色聚酯纖維製成的針織衫。

「我知道這對你來說很難，」崔許說，「但是你必須同意我們有很多優勢，我們有當父母親的經驗，空閒時間多，可以供養柔伊念書念到她想要的程度，我們住在一個安全的社區裡，並擁有一間大屋子，這邊有很多年輕的家庭和與她同齡的孩子。」

丹尼在思考。

「你們不能拿走柔伊的監護權。」他說。

「我就說嘛。」麥斯威爾對崔許說。

「你可能還需要點時間考慮，」崔許對丹尼說，「我相信你會明白我們做的事情是正確的。這樣對大家最好。你可以追求你的賽車事業，柔伊可以在慈愛、富裕的環境下長大。這是伊芙的希望。」

「妳怎麼知道？」丹尼迅速反駁，「是她告訴妳的嗎？」

「是的。」

「但是她沒告訴我。」

「我不知道她爲何沒說。」崔許說。

「她沒說。」丹尼堅決地說。

崔許勉強擠出笑容。

「你考慮一下好嗎？」她問，「你想想我們說的好嗎？這樣做事情會簡單許多。」

「不，我不要考慮，」丹尼從椅子上站起來說，「你們不能拿走我女兒的監護權。

這是我最後的答案。」

雙胞胎同時嘆氣。崔許氣餒地搖頭。麥斯威爾伸手到後面的口袋，拿出一個商業信封。

「我們也不想這樣。」他說，並把信封交給丹尼。

「這是什麼？」丹尼問。

「你打開看。」麥斯威爾說。

丹尼打開信封，展開幾張紙，簡短地看一下。

「這是什麼意思？」他再問一次。

「我不知道你有沒有律師。」麥斯威爾說，「如果沒有，你應該去雇請一個。我們要打外孫女的監護權官司。」

丹尼看起來好像肚子挨了一拳。他跌回躺椅，手上還抓著文件不放。

「我把蛋吃完了。」柔伊對大家說。

沒人注意到柔伊回來了，但是她回來了。她爬上丹尼的大腿。

「你餓嗎？」她問，「外婆也可以幫你煮蛋。」

「不，」他帶著歉意說，「我不餓。」

她思索一會兒。「你還在難過嗎？」她問。

「是的，」他停頓後說，「我還是非常難過。」

「我也是。」她附和，把頭枕在他胸前。

丹尼看著雙胞胎。麥斯威爾的長手臂掛在崔許的窄肩上，宛如某種沉重的鍊條。然後我發現丹尼變了——他的臉因為堅決而變得緊繃。

「柔伊，」他扶她起來說，「妳進去屋裡收妳的東西好嗎？」

「我們要去哪裡？」她問。

「我們現在要回家。」

柔伊笑著要走，但是麥斯威爾上前阻止。

「柔伊，妳站住，」他說，「妳爸爸還有事情要辦，妳先跟我們住。」

「你敢！」丹尼說，「你以為你是誰？」

「我是過去八個月養她的人。」麥斯威爾說，下顎咬得很緊。

柔伊看看爸爸然後看看外公，不知道該怎麼辦。這是一個僵局。然後崔許介入。

「去裡面收妳的娃娃，」她對柔伊說，「我們還要再講一下話。」

柔伊不情願地離開。

「讓她跟我們住，丹尼，」崔許求情，「我們一起想辦法。我知道我們可以想出辦法。在律師協調出方案前讓她先跟我們住。你以前不也同意她跟我們住？」

「是你們求我讓她住在這裡。」丹尼對她說。

「我相信我們會想出辦法的。」

「不，崔許，我要帶她回家。」他說。

「那你上班時誰照顧她？」麥斯威爾氣到發抖。「你去賽車一去就是好幾天怎麼

辦？老天啊，要是她生病了，誰來照顧她？還是你根本就不管她，也不讓醫生知道，直到她快死了，就像你對伊芙那樣？」

「我沒有不讓伊芙看醫生。」

「但是她從沒看過醫生啊。」

「是她拒絕的！」丹尼大叫，「她什麼醫生都不看！」

「你本來大可以強迫她的。」麥斯威爾大喊。

「沒有人可以強迫伊芙做任何她不想做的事情，我當然也不行。」丹尼說。

麥斯威爾緊緊握拳，脖子暴出青筋。

「所以她才會死。」他說。

「什麼？」丹尼不可置信地問，「你在開玩笑吧！我不想再說下去了。」

他瞪著麥斯威爾，往屋內走。

「我後悔她認識了你。」麥斯威爾低聲嘀咕。

丹尼停在門口對屋內喊。

「柔伊，我們要走了，我們可以晚點再來拿妳的娃娃。」

柔伊困惑地走出來，手抱著一堆填充玩具。

「我可以帶這些嗎？」她問。

「可以，寶貝，但是我們該走了，剩下的我們再來拿。」

丹尼陪她走通往屋子前方的小徑。

「你會後悔的，」麥斯威爾在丹尼走過時低聲警告他。「你不知道你正給自己惹上什麼麻煩。」

「走吧，恩佐。」丹尼說。

我們走向車道，上車。麥斯威爾跟在我們後面，看著丹尼給柔伊綁安全帶。丹尼發動車子。

「你會後悔的，」麥斯威爾再說一次，「你記住我的話！」

丹尼重重關上駕駛車門，整輛車晃動。

「我有律師嗎？」他自言自語，「我在西雅圖最知名的BMW和賓士服務中心工作。他以爲他對付的是誰？我跟這座城裡最棒的律師們關係可好了，我還有他們家裡的電話號碼哩！」

我們倒車時，在麥斯威爾腳邊揚起一層沙土。當我們開上麥瑟島蜿蜒的田園道路時，我不得不注意那輛白色廂型車走了，伊芙也跟著走了。

30

有經驗的駕駛，在車子性能接近極限時，會調整他對車子的認知和感受，如此一來才能適應那種拚速度的感覺，所以當他的輪胎開始失去附著力時，他可以輕易地校正，停頓，然後調整回來。一個優秀的駕駛應該知道何時何地如何拿捏駕馭的節奏。

當壓力激增，賽事才進行到一半時，被對手瘋狂追趕的駕駛，最聰明的做法就是讓後面緊追不捨的車子超過去，自己寧可後來急起直追而非保持領先。甩開負擔後，我們便能退到後面，讓新的領先者去看他的後視鏡。

不過有時候，你必須謹守你的位置，別輕易讓出賽道。這是戰略因素，也是心理因素——有時候駕駛就是要證明他比對手強。

賽車講究的是紀律與智慧，而不是誰比較會踩油門。聰明的駕駛永遠是最後的贏家。

31

柔伊堅持第二天還是要上學，當丹尼說一放學就要接她回來，她便抗議不從，因爲她想跟朋友留下來參加課後活動一起玩耍。丹尼只好答應。

「我會比平常早一點來接妳。」他放她下車時告訴她。丹尼一定是害怕雙胞胎會把她偷走。

離開柔伊的學校後，我們從聯合街開到第十五大道，在維克卓拉咖啡店的正對面找到停車位。丹尼把我拴在腳踏車停放架上然後走進去，幾分鐘後他帶著咖啡和英式鬆餅出來。他解開我的狗鍊，叫我坐在戶外區的桌子下方，我照辦。十五分鐘後，我們這桌多了一個人。他是個結實的大塊頭，全身圓滾滾的：圓圓的頭、圓圓的軀幹、圓圓的大腿、圓圓的手。這人頂上無毛，兩側倒是很濃密。他穿著非常寬鬆的牛仔褲，大件的灰色汗衫上印有一個超大的紫色W字母。

「早安，丹尼，」那男的說，「請容我對你的喪偶表達真摯的慰問。」

他往前傾身，強行擁抱丹尼。丹尼侷促不安地坐著，雙手垂放腿間，眼神望向街上。

「我……」丹尼來不及反應，那個男的已經放開他並起身。「謝謝你。」丹尼說得很不自在。

那男的輕輕點頭，沒注意到丹尼的困惑反應，然後就把身體塞進我們桌邊、靠人行道那張椅子的鐵製把手裡——他不是胖，事實上，某些圈子的人可能會覺得他有肌肉，不過他是眞的很大隻。

「好俊俏的一隻狗。」他說，「應該有梗犬的血統吧？」

我抬起頭。他是在講我嗎？

「我不是很清楚，可能吧。」丹尼說。

「牠長得眞不錯。」那男人若有所思地說。

他居然注意到我，眞讓我感動。

「喔，她的拿鐵做得好。」那男一邊說，一邊把咖啡咕嚕咕嚕灌下肚。

「誰啊？」丹尼問。

「店裡那位可愛的咖啡師傅。她有對豐唇，眉毛穿洞，還有一雙深巧克力色的眼睛……」

「我沒注意。」

「你有太多心事了，」那男的說道，「這次的諮詢費等同一次換機油的錢。我的鷗翼式車門跑車非常耗油。不管你最後決定要不要聘我擔任律師，今天就算換一次機油的錢。」

「好。」

「我先看一下文件。」

丹尼把麥斯威爾給他的信封交出去。那男的接過後取出文件。

「他們說伊芙交代過，希望柔伊由他們撫養長大。」

「我不管那個。」那男的說。

「有時候伊芙吃了很多藥，她什麼話都可能說出口。」丹尼急迫地說，「她是有可能那麼說過，但她沒有那個意思。」

「我不管誰說了什麼，或者他們爲什麼要那麼說。」那男的說話很尖銳，「小孩子不是動產，他們不能被送過來送過去，也不可以在市場上交易。一切措施都要符合小孩的最佳利益。」

「他們也是這麼說，」丹尼說，「爲了柔伊的最佳利益。」

「他們顯然受過教育，不過，母親的遺願並不重要。你們結婚多久？」那男的說。

「六年。」

「還有其他小孩嗎？」

「沒有。」

「有沒有祕密？」

「沒有。」

那男的喝著拿鐵並繼續翻閱文件。他是個奇怪的人，一直抖不停又動來動去。我花

了幾分鐘才終於弄懂，他頻頻用手摸自己屁股上的口袋，是因爲裡面藏了某種會嗶嗶嗶的裝置，只要他一摸就可以讓它停止作響。這男的一心多用，不過，當他把目光鎖定在丹尼身上時，我可以感受到他全神貫注。我知道丹尼同樣也感受得到，因爲當那男的專注看他，丹尼的緊張感顯然舒緩不少。

「你目前有接受藥物治療嗎？」那男的問。

「沒有。」

「你是不是登記有案的性侵犯？」

「不是。」

「有沒有因爲犯下重罪而遭到定罪？有坐過牢嗎？」

「沒有。」

那男的把文件塞回信封。

「這根本沒什麼。」他說，「你女兒現在人在哪裡？」

「她想上學。我是不是應該讓她待在家裡才對？」

「不，這樣很好。你照顧到她的需求，那很重要。聽好，這種事你不要過度擔心。我會要求簡易裁判。我看不出來我們有什麼理由會輸。那小孩鐵定是你的。」

丹尼聽了有點不悅。

「你說的『那小孩』，就是我的女兒柔伊嗎？」

「是啊，」那男人打量丹尼說。「我就是在說你的女兒，柔伊。這裡是華盛頓州好不好！除非你在廚房裡製造毒品，不然小孩都是歸給親生父母，不必懷疑。」

「好。」丹尼說。

「不要驚慌，不要生氣，要有禮貌。打電話給他們，把我的資訊給他們，跟他們說所有信函都轉給我，也就是你的律師。我會打電話給他們的律師，讓他們知道你也有靠山。我認爲他們在找你的罩門，他們希望你默不作聲地離開。祖父母輩就是那樣。他們毀了自己小孩的人生，卻還深信自己是比子女更好的父母。問題是，祖父母教人坐立難安的原因在於他們有錢。你說他們是不是有錢人？」

「非常有錢。」

「那你呢？」

「只能一輩子換機油。」丹尼苦笑說。

「換個機油沒辦法搞定這件事，丹尼。我的價碼是一小時四十五塊美金。我現在要先拿兩千五百塊當訂金，你有錢嗎？」

「我會想辦法。」丹尼說。

「什麼時候？今天嗎？這個禮拜？還是下個禮拜？」

丹尼嚴厲地看著他。

「這是我的女兒，馬克。我用生命保證你該拿的錢一毛都不會少。她是我女兒，她的名字叫作柔伊。如果你叫得出她的名字，我會很感激你，或者在你提到她的時候，請至少把代名詞的性別說對。」

馬克表情困窘，然後點頭。

「我完全了解，丹尼。她是你女兒，她的名字叫柔伊。我也知道你是個朋友，我相信你。我居然還質疑你會賴帳，我向你道歉。有時候我會遇到一些人……」他停下來。「我們講眞的，丹尼，七、八千塊美金就可以把這件事情解決。你可以負擔吧？你一定沒問題的。朋友一場，訂金我就算了。」他站起來，他的大屁股卡住椅子，椅子差點跟他一起起身，不過他及時脫困，沒在維克卓拉咖啡店的人潮前丟人現眼。「這根本就是不成立的案子。我甚至想不通他們爲何要自找麻煩打官司。打電話給岳父母，『你的』岳父母，告訴他們什麼事都要透過我才行。我今天會找法務助理來處理，『我的』法務助理。我用代名詞的時候有問題是吧？謝謝你點出來。相信我，他們不知道事情會變成這樣。他們把你當笨蛋耍，但你不是傻瓜對吧？冠軍？」

他拍拍丹尼的臉頰。

「對付他們要冷靜，」馬克說，「不要動怒，要冷靜，一切都要符合小柔伊的最佳利益，懂嗎？一定要說什麼都是爲了她，懂嗎？」

「知道了。」丹尼說。

那男的嚴肅地安靜下來。

「朋友，你還過得去吧？」

「我還可以。」丹尼說。

「要不要休假？去散個步，理清思緒，跟他一起去……他叫什麼名字來著？」

「恩佐。」

「好名字，漂亮的狗。」

「他不開心。我今天要帶他一起去上班，我不放心把他獨自留在家裡。」丹尼說。

「也許你應該要休息一下，」馬克說，「你太太才剛過世。又加上這種亂七八糟的事。奎格應該讓你休假才是，要是他不讓你休，我來打電話給他，威脅要告他職場騷擾。」

「謝了，馬克，」丹尼說，「不過我現在沒辦法待在家裡，在家我會想太多……」

「哦。」

「我需要工作，我得做點事情，讓自己保持忙碌。」

「了解，」馬克說，「不說了。」

他開始收包包。

「我必須承認。」他說，「在電視上看到你贏得比賽，還眞是讓人開心。那次是在哪裡？是去年嗎？」

「沃特金斯格倫。」丹尼說。

「對，就是沃特金斯格倫。那次眞令人開心。我太太找了一些人過來，我正在烤肉，然後打開廚房的小電視，大家就盯著看……眞好看。」

丹尼微笑，不過皮笑肉不笑。

「你是好人，丹尼，」馬克說，「我會處理這件事，這不是你應該要擔心的事，這

部分就讓我來操煩吧。你好好照顧女兒，好嗎？」

「謝謝。」

馬克緩步離開，當他在街角轉彎離去後，丹尼看著我，然後把雙手擺在面前，他的手在顫抖。他什麼都沒說，不過他看著自己顫抖的手，然後看著我，我知道他在想什麼。他在想，如果能有方向盤可以握著，他的雙手就不會抖；如果能有方向盤可以握著，一切都會沒問題。

32

那一天大部分的時間，我都待在汽車修理廠，跟那些修車的人混在一起。因爲老闆不喜歡我待在店裡的接待區，顧客會看到我。

修理廠的每個人我都認識。我不是很常去那裡活動，不過我去的次數已經足夠讓大家認識我，甚至整我。他們會在店裡把扳手丟來丟去，想叫我去替他們撿回來，我如果拒絕，他們就會大笑，說我有多聰明。特別是一個叫費恩的技師，人眞的很好，每次走到我旁邊就會問：「你弄完了沒有？」起初我不知道他在說什麼，不過我最後終於弄懂，原來身爲店老闆之一的奎格，一天到晚問技工修好車子沒，而費恩只是把目標轉移到唯一比他低階的人身上——也就是我。

「你弄完了沒有？」

那天我覺得格外焦慮，就像人類一樣。人們總是擔心接下來會發生什麼事，且難以保持鎭靜，無法先專注當下而暫時不要擔憂未來。人們通常對於自己所擁有的並不滿足，反而對於自己「即將」擁有的東西感到憂心忡忡。一隻狗則多半可以壓抑自己的不安，減緩原本新陳代謝的速度，就像魔術師大衛．布萊恩❶在游泳池底欲創下閉氣紀錄一

樣——他周邊世界的節奏也跟著改變。就狗的正常一天來看，我可以動也不動坐上好幾個小時。但是那一天我很焦慮，我既緊張又擔心，坐立不安又心神不寧。我來回踱步，就是無法靜下來。我並不在乎那種感覺，不過我知道那很可能是我靈魂進化的一種自然過程，所以我應該要盡量去習慣。

修車廠裡其中一個隔間打開了，溼熱的風讓空氣變得霧濛濛。史吉普這個留著大鬍子的滑稽大塊頭，已盡職地洗好了車主準備要取的車，儘管外頭在下雨也一樣。

「雨水不髒，塵土才髒。」他一直自言自語，那是西雅圖洗車業的箴言。他捏緊手上的海綿，肥皂水宛如河流一般，從一輛保養得完美無瑕的二〇〇二綠色寶馬的擋風玻璃急奔而下。我躺著，頭擱在前腿中間，就窩在修車廠門口，看他工作。

那一天好像永遠不會結束似的，一直到那輛西雅圖警車出現爲止，有兩名警察下車。

「要不要我幫兩位洗個車？」史吉普對他們大喊。

警察似乎對這個問題感到困惑，彼此互看。

「外頭在下雨。」其中一人說。

「雨水不髒，」史吉普開心地說，「塵土才髒。」

警察用怪異的眼光看他，似乎不明白史吉普是否在嘲笑他們。

「不用了，謝謝。」其中一人開口回答。他們走向通往大廳的門，然後進去。

我穿過修車廠的迴轉門，進到檔案室。站櫃台的是麥可，我就在櫃台後頭閒晃。

「午安，警官，」我聽到麥可說，「車子有問題嗎？」

「你是不是丹尼．史威夫特？」其中一人開口問。

「不是。」麥可回答。

「他在嗎？」

麥可遲疑了。我可以嗅出他突然變得緊張不安。

「他今天可能出去了，」麥可說，「我查一下。可以跟我說是誰找他嗎？」

「我們有他的逮捕令。」其中一名警察說。

「我去看看他是不是在後頭。」

麥可轉身，結果被我絆到。

「恩佐，不要擋路，乖。」

他緊張地抬頭看警察。

「這是店狗，老是擋路。」他說。

我跟著他走進後面，丹尼正在電腦前打發票，給今日要取車的客戶。

「小丹，」麥可說，「前面有兩個警察帶著逮捕令。」

「要做什麼？」丹尼問道，卻沒有從螢幕前抬起頭來，只是嗒嗒地繼續打發票。

「要你，要逮捕你。」

丹尼停下手邊的工作。

「爲什麼？」他問。

「我不知道細節，不過他們是穿制服的西雅圖警察，看起來不像是脫衣舞男，而且今天也不是你生日，我想不是在整人。」

丹尼起身走向大廳。

「我跟他們說你今天可能不在。」麥可一邊說，一邊用下巴暗示了後門的方向。

「謝謝你的關心，麥可。不過要是他們有逮捕令，他們很可能知道我住哪裡。我去看看這究竟是怎麼回事。」

我們三個像火車一樣排成一列，悄悄進入檔案室，來到櫃台。

「我是丹尼．史威夫特。」

警察點頭。

「先生，請你從櫃台後面出來好嗎？」其中一人開口問。

「有什麼問題嗎？可不可以跟我說是怎麼回事？」

大廳裡約有六個人在等自己的發票，他們全都從正在看的書報中抬起頭來。

「請你從櫃台後面出來。」警察說。

丹尼遲疑了一會兒，隨後乖乖聽命。

「我們有你的逮捕令。」其中一人說。

「爲什麼？」丹尼問，「我可以看一下嗎？一定是弄錯了。」

那警察給了丹尼一疊紙。丹尼看得很仔細。

「你在跟我開玩笑。」他說。

開。」

「沒有，先生，」警察說，還抽回了那疊紙，「請把你的手放在櫃台上，把腿張

丹尼的老闆奎格從後面走出來。

「警官大人？」他邊說邊靠近他們，「我認爲沒有必要這樣，就算眞要這樣，你們也可以到外頭去。」

「先生，不要動！」警察嚴厲出聲，用食指指著奎格。

不過奎格是對的。這整件事情的安排就是要對丹尼不利。那是做生意的大廳，客人都在那裡，等他們的寶馬、賓士鷗翼等名車，警察大可不必在那些人面前辦事。他們是顧客，他們都信任丹尼，而他現在卻成了罪犯？警察這樣做是不對的，應該有更好的方法才是。不過他們有警槍、警棍、胡椒噴霧劑與電擊棒——西雅圖警察是出了名的神經兮兮。

丹尼遵命照辦，把手放在櫃台上，張開雙腿。警察輕拍著搜他全身。

「請轉過去，把手放在背後。」警察說。

「你們不必用手銬，」奎格生氣說，「他又沒有要逃去哪裡！」

「先生！」警察大吼，「不要動！」

丹尼轉過去，把手放到背後。警察把他銬上。

「你有權保持緘默，」警察說，「你所說的一切將會成爲呈堂證供……」

「你們這樣要搞多久？」丹尼問道，「我得去接我的女兒。」

「我建議你想想其他辦法。」另一個警察開口。

「我可以去接她，丹尼。」麥可說。

「你不是被核准的接送人之一。」

「那我應該打給誰？」

「……會指派一名律師給你……」

「打給馬克．費恩，」丹尼急迫地說，「電腦裡找得到他的資料。」

「剛才我宣讀的權利，你都明白了嗎？」

「要不要我把你保出來？」奎格問，「不管你需要什麼……」

「我不知道自己需要什麼，」丹尼說，「打給馬克，也許他可以去接柔伊。」

「剛才我宣讀的權利，你都明白了嗎？」

「明白了！」丹尼怒氣沖沖地說，「我都明白了！」

「你爲什麼會被逮捕？」麥可問道。

丹尼望著警察，可是他們不發一語，他們在等丹尼回答。如何用奸巧的手段摧毀一個人，這種事情警察可是訓練有素——他們讓丹尼宣讀自己的罪名。

「三級性侵孩童罪。」丹尼說。

「性侵害的重罪。」其中一個警察補充說明。

「可是我沒有強暴任何人，」丹尼跟警察說，「這背後是誰在搞鬼？哪一個小孩？」

再來是一陣很長的鴉雀無聲。大廳裡所有的人都全神貫注。丹尼站在所有人面前，雙手被綁在背後，大家都看到他現在成了罪犯的模樣，他現在無法使用自己的雙手，也不能賽車。現在所有人的注意力都在警察身上，大夥看著警察的藍灰色制服，上面配著肩章、黑槍、警棒、警棍，還有圍在腰間的皮套。這是一齣眞實劇碼。人人都想知道問題的答案——哪一個小孩？

「被你強暴的那個。」警察回答得簡單扼要。

我瞧不起這警察的所作所爲，不過我還眞是欣賞他的演戲天分。警察沒再多說，就把丹尼帶走。

---

❶大衛·布萊恩（David Blaine）：美國魔術師與街頭表演者，常在表演中長時間忍受特殊環境，曾打破多項世界紀錄。

33

柔伊的監護權官司，以及丹尼的三級性侵孩童案的種種，我多半沒有親眼目睹。這些事件幾乎占了我們將近三年的生活時光，這是麥斯威爾與崔許的伎倆之一。他們想用拖延戰術，好掏光丹尼的錢、摧毀他的意志，同時也讓他遲遲無法見到柔伊在充滿慈愛與關懷的環境中長大。我被屏除在許多資訊管道之外，比方說，我並未受邀出席任何訴訟程序，只能在丹尼與律師馬克·費恩見面時偶爾參一腳，特別是在維克卓拉咖啡店的約（因爲馬克很喜歡那個眉毛打洞、有深濃巧克力色雙眸的咖啡師傅）。丹尼被捕後，我也沒跟他去警局。警察幫他做筆錄、提訊或是進行測謊，我都不在現場。

所以接下來我要告訴大家的，關於伊芙過世後的苦難，多半是來自於我的資訊重整，其來源有二手傳播、偷聽來的對話，還有我看各種電視節目所得來的法律常識——大部分是《法網遊龍》影集，還有它的子系列《特殊受害者》《犯罪意圖》，以及非常毒辣的《陪審團》。至於警察的辦案方法與術語等細節，則是根據史上此類型最經典的兩部電視劇而來：一是詹姆斯·葛納主演的《洛克福德檔案》，他也主演過一部很棒的賽車電影《霹靂神風》；當然，還有最偉大的警匪片《神探可倫坡》，由了不起又聰明絕頂的彼得．佛克飾演主角可倫坡。（彼得．佛克是我第六個喜歡的演員。）好，最後呢，我的法庭知識完全來自於最偉大的法庭劇導演兼編劇薛尼．盧梅。他拍過許多片子，像是《大審判》與《十二怒漢》，影響我至深。順便補充一下，他在《熱天午後》選角時找上了艾爾．帕西諾，選得還眞好啊！

在此，我的意圖是要以戲劇性的眞實手法來說我們的故事。雖然事實可能沒那麼精確，但請相信我的意圖完全是出自一片眞誠。就戲劇而言，意圖就是一切。

34

他們把丹尼帶進一個小房間，裡面有張大桌子與許多椅子。牆上的窗可以透見外頭的辦公室，警察們在桌上處理公務，就像在影集《法網遊龍》裡一樣。藍色光線透過木質百葉窗鑽進房裡，在桌子與地板上拉出長長的陰影。

沒有人去煩他。沒有壞警察去扯他的耳朵，或是用電話簿揍他、用門夾手指、拉他的頭去撞黑板，雖然電視上常常這麼演。做筆錄、按指紋以及照相過後，丹尼被送到這個房間，單獨一人被留在那裡，好像警察根本就忘了他似的。他自己一個人坐著，無所事事地坐了好幾個小時。沒有咖啡，沒有水，沒有廁所，也沒有廣播。沒有任何讓人分心的事物，只有他的罪行、他的懲罰，還有他自己，一個人。

丹尼是否陷入絕望？是否在默默責罵自己，讓自己陷入這種情況？又或者他終於了解，像我一樣當一隻狗，究竟是何種滋味？在那永無止盡的分秒流逝中，他是否明白單獨一人並不等同於寂寞？單獨是一種中性狀態，就像是一隻瞎眼魚處在海洋的底層，既然不長眼睛，自然也不用做價值判斷。但是這有可能嗎？我周邊的一切不會影響到我的心情，我的心情卻會影響到我周遭的事物——這是真的嗎？丹尼明白寂寞其實是主觀、內省的狀態嗎?寂寞是只存在於心裡的抽象狀態,而非存在於實體世界,就像病毒寄生一樣,如果沒有一個自願的宿主,就不可能存活下去。

我喜歡把在警局裡的丹尼當作是單獨一人,但並不寂寞。我喜歡當他是在思索自己的處境,但並未絕望。

後來馬克·費恩突然出現在西雅圖國會山莊的東邊管轄區,他突然闖入並開始咆哮,這正是馬克·費恩的狂暴作風:誇張(Bombastic)、喧鬧(Boisterous)、放肆(Bold)、好鬥(Bellicose)。他整個人都可以用大寫B開頭的詞來形容——他的身型就像B,他的行爲舉止也像B:輕率無禮(Brash)、厚顏無恥(Brazen)、固執己見(Bullish)、大吼大叫(Bellowing)。他用力撞開大門,衝向辦公室,對著值勤警察破口大罵,然後把丹尼保釋出去。

「這他媽的是在搞什麼啊,丹尼?」馬克在街角問他。

「沒事。」丹尼回答,一副不想講話的樣子。

「最好是沒事!十五歲的少女?丹尼!你他媽的最好是沒事!」

「她說謊。」

「是嗎?你有沒有跟那個小女生發生關係?」

「沒有。」

「你有沒有用自己的生殖器或其他物體插入她身上任何一個洞?」

丹尼瞪著馬克·費恩,拒絕回答。

「這是計畫的一部分，你懂不懂啊？」馬克沮喪地說，「我本來不懂他們怎麼可能打一個不成立的監護權官司，現在這件事改變了一切。」

丹尼還是一言不發。

「戀童癖、性侵犯、強暴犯、猥褻小孩的人，請問這些名詞哪一個符合『小孩的最佳利益』？」

丹尼開始咬牙切齒，他的下巴肌肉也開始鼓脹起來。

「我的辦公室，明早八點半，」馬克說，「不要遲到！」

丹尼怒火中燒。

「柔伊在哪裡？」他問。

馬克．費恩用腳踹了一下人行道。

「我到學校前，他們已經接走她了，」他說，「這樣的時間點絕對不是巧合。」

「我要去接她。」丹尼說。

「不行！」馬克嚴厲嚇阻，「就隨便他們吧，現在不是逞英雄的時候。當你身陷流沙之中，最糟糕的情況就是奮力掙扎。」

「所以我現在身陷流沙之中？」丹尼問。

「丹尼，你現在等於是在速度最快的流沙裡。」

丹尼轉動方向盤，開車離去。

「別離開本州，」馬克在他背後大叫，「還有，我的老天，丹尼，千萬別再看另外一個十五歲的女孩！」

不過丹尼已經轉過街角，消失無蹤。

35

雙手是男人的靈魂之窗。

只要看多了賽車手的車內側拍錄影帶，你就會了解這句話的眞實性。死抓方向盤的車手，開起車來顯得僵硬又緊張。另一種手忙腳亂的駕駛，顯露的是他在車裡有多麼不自在。駕駛的雙手應該要放鬆、敏銳、充滿自覺。駕車時，絕大部分的訊息都是透過方向盤來傳達；抓得太緊或是太焦慮不安會有礙訊息傳達。

據說人類的感官知覺並非獨立運作，而是在腦部的某個特殊部位內經過整合，進而創造出一體成形的感覺。皮膚上的感應器會告訴大腦關於壓力、痛苦和熱度的情況；關節與肌腱的感應器會告訴大腦關於身體所處空間的位置；耳內的感應器可以掌握平衡；而內臟的感應器可以顯示一個人的情緒狀態。對賽車手來說，故意限制資訊管道是很愚蠢的作法；讓資訊無拘無束地暢通無阻，才是不同凡響。

看到丹尼雙手顫抖，讓我跟他一樣心煩。伊芙過世後，他經常會看著自己的雙手，把手舉到眼前，好像那根本不是他的手。他高舉雙手，眼睜睜看著手在顫抖。他都是趁沒人看見的時候這麼做。「緊張，」只要他發現我在看他測試自己的手，他就會這樣說，「壓力。」然後就會把雙手塞進褲袋裡，眼不見為淨。

當天稍晚麥可與東尼帶我回家，丹尼在陰暗的門廊處等我，手插在口袋裡。

「我現在不想討論這件事，」丹尼跟他們說，「而且律師馬克也叫我不能說，就這樣。」

他們站在走道上望著他。

「我們可以進屋嗎？」麥可問道。

「不行，」丹尼回答，然後他察覺到自己很魯莽，於是試著解釋。「我現在不想要有人陪。」

他們注視他許久。

「你不用告訴我們出了什麼事，不過說說話是好的。你不能什麼都藏在心裡，這樣不太健康。」麥可說。

「你說得沒錯，」丹尼說，「不過那不是我的作風。我只是需要……消化一下……發生的事情，然後我就可以談，但不是現在。」

麥可跟東尼站著不動。他們似乎在考慮是否該尊重丹尼想獨處的要求，還是要強行越過他進到屋裡，硬是留下來陪他。他們彼此互看，我可以嗅出他們的焦慮。我希望丹尼能夠了解他們有多麼擔心他。

「你會沒事吧？」麥可問道，「我們不必擔心你故意不關瓦斯爐，然後點根菸或什麼的吧？」

「我家裝的是電爐，」丹尼說，「而且我也不抽菸。」

「他不會有事的。」東尼對麥可說。

「要不要我們幫你照顧恩佐？或者其他事情？」麥可問道。

「不用。」

「幫你買些日用品？」

丹尼搖頭。

「他會沒事的。」東尼又重複一次，然後拉麥可的手臂要走。

「我的電話都會開機，」麥可說，「二十四小時危機處理熱線。想找人聊，或需要任何東西，打給我就對了。」

他們轉身離去。

「我們餵過恩佐啦！」麥可從巷子裡大喊。

他們離開了，丹尼和我進到屋內。他把手從口袋裡掏出來，舉起雙手，看著手在抖。

「強暴犯拿不到自己女兒的監護權，」他說，「這招挺行的不是嗎？」

我跟著他走進廚房，突然間開始擔心他對麥可和東尼撒謊，也許我們家眞的有瓦斯爐。但他不是走到爐子邊，而是到櫥櫃拿出一只玻璃杯，接著又走到放酒的地方，拿出一瓶酒，給自己斟上一杯。

眞是荒唐。丹尼不但沮喪，壓力又大，手還會抖，現在他還想要把自己灌醉？我再也受不了了。我對他猛吠。

他低頭看我，手裡拿著酒，我則抬頭看他。要是我有手的話，我會呼他一巴掌。

「怎麼啦，恩佐，你是不是覺得這樣做很老套啊？」

我又開始叫。我覺得這還眞是可悲的老套啊。

「不要評斷我，」他說，「那不是你的工作。你的職責是要支持我，不是評斷我。」

他喝了酒，然後瞪著我看，而我的確是在評斷他。他的行爲正中敵人下懷。他們一直在激怒他，眼看他就要放棄，然後就玩完了，我的餘生只好跟一個酒鬼在一起，而這個酒鬼整日無所事事，只能用了無生氣的雙眼死盯著電視螢光幕上不斷閃爍的畫面。這不是我的丹尼，這是芭樂電視劇裡的可悲角色。我根本不喜歡他這個樣子。

我離開那裡，想著要上床睡覺，但是我不想跟這個假丹尼睡在同一個房間。這個人只是丹尼的複製品。我進到柔伊的臥房，蜷曲在她床邊的地板上試著入睡。現在我只剩下柔伊一個了。

我不知道究竟過了多久，他站在門口。

「我第一次開車載你出門的時候，你還是隻小狗，你在座椅上吐得到處都是。」他跟我說，「可是我也沒有放棄你。」

我把頭從地板上抬起來，聽不懂他的重點是什麼。

「我把酒收起來了。」他說，「我沒那麼糟糕。」

他轉身離開。我聽到他在客廳裡東摸西摸，然後打開電視。所以他並沒有無可救藥地沉淪在酒瓶裡——那個脆弱與傷感的避難所。他明白我剛剛吠叫的意思，因爲我唯一能表達的方式就只有動作。

我發現他在沙發上看著有伊芙、柔伊和我的錄影帶，那是幾年前我們去美國西岸長堤的時候拍的。當時柔伊還在蹣跚學步。那個週末我記得很清楚，影帶中我們看起來都好年輕，在一望無際的海灘上追著風箏跑。我也在沙發旁坐下一起看。我們當時是那麼天眞，不知道未來會帶領我們到哪裡去，也不知道我們將會分離。沙灘、海洋、天空，這一切都爲了我們存在，也只爲我們存在。那是一個沒有終點的世界。

「沒有人在第一次轉彎就取得賽車決勝點。」丹尼說，「不過很多比賽都是輸在那裡。」

我看著他。他伸出手放在我的頭頂上，如同往常一樣搔抓著我的耳朵。

「這就對了，」他對我說，「如果我們要這般『老套』地過活，至少也應該是正面的老套。」

沒錯。賽車場上路遙遙——想要第一個衝過終點，首先必須要跑完賽程才是。

36

在下著毛毛雨的西雅圖雨中散步，是我最愛做的事情之一。我不在乎雨打在身上，我喜歡霧氣，喜歡小雨滴沾在我的口鼻與眼睫毛上的感覺。清新的空氣，頓時突然充滿臭氧與負離子。雖然雨水有重量，會掩蓋氣味，但一陣毛毛雨反倒強化了嗅覺。雨會釋放分子，活化氣味，然後透過空氣傳到我的鼻子。這就是我爲何最愛西雅圖這個地方的原因，連霹靂山賽車公園都比不上這裡。這兒的夏天雖然非常乾燥，但只要雨季一開始，天天都會下起我最愛的毛毛雨。

丹尼帶我在小雨中散步，我盡情享受。伊芙才過世沒幾天，可是自從她死後，我一直覺得很壓抑、透不過氣來，大部分時間我都跟丹尼坐在房子裡，一再嗅聞著悶濁的空氣。丹尼似乎也很希望有所改變。他不再穿牛仔褲、運動衫、黃色防水衣，反而套上深色休閒褲，在高領喀什米爾毛衣外面罩了件黑色風衣。

我們向北走，從麥迪遜谷走到植物園。走過了沒有人行道、車子超速行駛的危險路段以後，我們轉入小徑，丹尼也鬆開我的狗鏈。

這就是我最愛的活動：我愛奔跑，穿越最近未曾修整過的溼草地，我的口鼻貼近地

面，好讓綠草和水珠覆蓋我的臉。我想像自己是一部吸塵器，大口吸著所有的氣味、所有的生命以及一大片的夏日鮮草。這讓我想起自己的童年，在史班哥農場上，那裡不下雨，可是有草原，也有田野，我可以跑來跑去。

那天我一直跑啊跑，而丹尼始終步履沉重。到了以往的折返點時，我們還是繼續走。我們穿過行人陸橋，然後拐進蒙特雷克。丹尼又幫我繫上狗鏈，然後我們走過一條更大的路，來到一個新的公園。我也喜歡這個公園，不過它很不一樣。

「茵特拉根。」丹尼鬆開我的鏈子時說。

茵特拉根。這個公園不是原野，也不是平地，是個曲折的山谷，被藤蔓、灌木與地被植物所覆蓋，高聳的樹群與茂盛的樹葉形成一片帷幕，眞是美極了。丹尼沿著小徑一路走去，我在山丘上跳上跳下。我一下躲在低矮的灌木裡，假裝自己是祕密探員，一下子又盡可能跑得飛快、穿越障礙，假裝自己像是電影裡的掠食者，正在追捕某樣東西，跟蹤我的獵物。

我們在公園裡晃了好久，丹尼走一步我要跑個五步，直到我又累又渴。我們走出公園，來到一個我很陌生的地方。丹尼到咖啡店幫自己買杯咖啡，順便幫我帶了點水，水是用紙杯裝的，我很難用我的嘴巴喝，不過已經讓我很滿足了。

我們又繼續上路。

我一直很喜歡活動和走路，特別是跟丹尼一起。他是我最喜歡的散步同伴，尤其是在飄著毛毛雨時。但是我必須承認，當時我還挺累的。我們已經出來超過兩小時了，走這麼久的路之後，我想回家好好擦乾身體，然後舒舒服服地睡個長覺。但是現在不能睡，我們繼續走下去。

來到第十五大道時，我終於認得路，而且自願者公園我也很熟。不過當我們進入湖景墓園時，我還是嚇了一跳。我當然知道湖景墓園的重要性，不過我從沒去過那裡。我看過一部關於李小龍的紀錄片，湖景區正是他的長眠之地，他跟他的兒子李國豪葬在一起——李國豪是個英年早逝的好演員，我替他感到十分惋惜，因爲他是家族詛咒的犧牲者，而且他演出的最後一部電影《龍族戰神》（英文片名「烏鴉」，*The Crow*），這部片名不祥的倒楣電影改編自一本漫畫書，但是那位作者顯然並不知道烏鴉的眞面目——不過這個話題就留到以後再說吧。我們進入墓園，並沒有去找李小龍跟李國豪這兩位優秀演員的墳墓，我們另有目標。順著鋪石路往北走，沿著中央山丘環繞而上，到了一個臨時搭建的帳篷，裡面聚集許多人。

他們都穿著得體，沒有帳篷擋雨的人則手持雨傘。我馬上就看到了柔伊。

啊，我懂了——我的領悟力眞是時快時慢——原來丹尼是爲了這件事才穿得隆重。

我們走向人群，現場有點亂，大家都在打轉，注意力很分散。儀式還沒有開始。我們快靠近他們時，突然有人從人群中殺了出來，先是一個男的，然後又是另一個男人，接下來又一個。三個男人朝我們走來。

其中一個人是麥斯威爾，其他兩個是伊芙的兄弟，我根本不記得他們的名字，因爲他們幾乎很少出現。

「這裡不歡迎你。」麥斯威爾開口就兇巴巴的。

「她是我太太，」丹尼說得很平靜，「是我小孩的媽。」

柔伊看到爸爸，向他揮揮手，而他也向她揮手。

「這裡不歡迎你，」麥斯威爾又重複一次，「快走，不然我要叫警察。」

那兩兄弟上前擺出準備幹架的姿勢。

「你已經叫過警察了不是嗎？」丹尼問。

麥斯威爾對著丹尼冷笑。

「我警告過你。」他說。

「你爲什麼要這麼做？」

麥斯威爾靠他更近，已經入侵丹尼的個人領域。

「你從來沒有善待過伊芙，」麥斯威爾說，「再加上你對安妮卡幹的好事，我不會把柔伊交給你。」

「那天晚上什麼事都沒發生……」

不過麥斯威爾已經轉過身去。「送史威夫特先生出去。」他對兩個兒子說，隨即離開。

我看到遠方的柔伊，她再也忍不住，從座位上跳下來，跑向我們。

「滾啊。」其中一名男子開口。

「這是我太太的葬禮，」丹尼說，「我要留下來。」

「你他媽的給我滾。」另一個男人說，還猛戳丹尼的肋骨。

「想打我就請便吧，」丹尼說，「我不會還手的。」

「戀童癖！」剛剛第一個開口的男人開罵，用手推丹尼的胸口。丹尼動都沒動一下。一個以時速一百七十英里駕馭兩千磅重車子的男人，面對鴨叫聲當然臨危不亂。

柔伊跑到我們這裡，跳到丹尼身上。他先是把她舉到空中，然後讓她雙腿環扣、掛在自己腰上，親吻她的臉頰。

「我的寶貝好不好呀？」他說。

「我的爹地好不好呀？」柔伊回問。

「我還過得去，」他說，並轉向那個剛才推他一把的妻舅。「對不起，我剛才沒聽見你說什麼，也許你想在我女兒面前再說一次。」

那男的退後一步，然後崔許衝到我們這邊。她擠到丹尼與兩兄弟中間，叫他們先離開，然後又轉向丹尼。

「我拜託你，」她說，「我了解你爲什麼會到這裡來，可是事情不能這樣做。我覺得你眞的不應該留在這裡。」她遲疑了一會兒，然後又開口：「我很抱歉，你一定覺得很孤單。」

丹尼沒有回答。我抬頭看他，他的眼裡充滿淚水。柔伊也發現了，開始跟著他一起哭。

「哭是好事，」柔伊說，「外婆說哭出來很有用，因爲可以沖走痛苦。」

他注視著柔伊許久，柔伊也看著他。然後他悲傷地嘆氣。

「妳要幫外公和外婆堅強起來，好不好？」他說，「我有些重要的事情要處理。是媽咪的事，還有些事情要做。」

「我知道。」她說。

「妳跟外公外婆在一起的時間，還會再久一點，等我把一切都搞定，好不好？」

「他們跟我說，我可能要跟他們好長一段時間。」

「嗯，」他語中充滿遺憾，「外公外婆看得遠，這種事情他們很在行。」

「我們都可以商量的，」崔許說，「我知道你不是壞人……」

「沒有商量的餘地。」丹尼說。

「過一陣子你就知道了，這樣對柔伊才是最好。」

「恩佐！」柔伊突然大叫，她發現我就在她的下方。她扭啊扭地掙脫丹尼的懷抱，緊緊抱住我的脖子。「恩佐！」

她熱情的招呼讓我又驚又喜，所以我舔她的臉。

崔許向丹尼靠了過去。

「你一定很想念伊芙，」她低聲對他說，「可是去占一個十五歲小女生的便宜……」

丹尼馬上挺直身子，與她保持距離。

「柔伊，」他說，「恩佐和我要去一個特別的地方觀禮。來吧，恩佐。」

他彎下身親她的前額，然後我們就走了。

柔伊跟崔許看著我們離開。我們繼續順著環狀小路，走上山丘隆起處，到達最頂端。我們站在那邊的樹下，剛好可以避開小雨，好好觀看整個葬禮過程。大家開始集中注意力，有個男的在唸一本書，然後大家在棺材上放玫瑰花，最後每個人各自坐車離開。

我們倆留下來，看到工人過去拆帳篷。他們用一種很奇怪的絞車設備把棺材垂放到地底。

我們倆還沒走，看著工人用自己的小型挖土機，鏟起土把她覆蓋住。我們繼續等。等到他們全都走了，我們才走下山丘，站在土堆前，開始哭泣。我們跪下痛哭，手裡握著幾把泥土。這個土堆的土，握在手裡感覺就好像是握著她的最後一部分，我們僅能感受到的、最後那麼一點點的她。我們繼續哭。

等我們哭完了，再站起身，踏上長長的歸途。

37

伊芙葬禮過後的第二天早上，我幾乎無法動彈。我的身體好僵硬，連站都沒辦法站起來。丹尼還得過來看看我怎麼了，因爲我通常會馬上起床，跟他一起弄早餐。我今年八歲，比柔伊大兩歲，可是我覺得自己比較像是她的叔叔而非她的哥哥。雖然我還很年輕，不應有髖關節問題，可是我偏偏生了這種病，因爲髖關節發育不全所引發的退化性關節炎。沒錯，那的確是教人難受的毛病；不過就某種意義而言，它反而成了一種解脫，因爲我可以專注在自己的病痛上，而非一直想著其他占據我思緒的事情，尤其是柔伊被困在雙胞胎家裡這件事。

我得知自己髖部不正常時，其實年紀還很小。我才幾個月大，就時常跟丹尼追逐玩要，因爲就只有我們倆，所以我沒什麼機會拿自己跟其他的狗比較。等我大到可以經常造訪狗狗公園時，我才終於明白，自己走動時會併攏後腿（雖然這會讓我比較舒服），這顯然表示我的髖部有天生缺陷。我一點都不想被當成畸形，所以我訓練自己用某些特定的方式行走、跑步，好掩飾缺陷。

等我長大，骨頭末端的軟骨原骨都磨損耗盡（軟骨原骨會隨時間耗損），疼痛也越來越厲害。可是我沒有抱怨，反而隱瞞自己的問題。也許在這一點上我跟伊芙非常相像，只是我不願意承認而已。因爲我根本不相信醫界，而且我也找到方法來彌補自己的缺陷，讓我免於接受那種肯定會讓我死得更快的診斷。

我說過，我不知道伊芙爲何不相信醫學，至於我不信任的原由卻再清楚不過。在我不過才一兩個星期大、還是隻小狗狗的時候，史班哥農場主人帶我到他的一個朋友那裡，那人把我攤開放在他的腿上輕輕摸我，把我的前腳拉長。

「早就該剪了。」他對主人說。

「我來抓住他。」主人說。

「他需要麻醉，威爾。你上禮拜就應該先打電話給我才對。」

「我才不會把錢浪費在一條狗身上，醫生。」主人說，「剪吧。」

我不知道他們在說什麼，可是後來主人緊緊抓著我身體的中段部分。另一個叫「醫生」的男人抓著我的右前掌，他拿著在陽光下閃閃發亮的剪刀，剪下我右腳掌上無機能的殘留趾，也就是我右邊的大拇趾。劇痛襲遍全身，那是一種毀滅性、痛徹全身的痛，眞是他媽的痛死我了，我疼得大叫。我奮力掙扎想脫身，可是主人把我抓得好緊，我幾乎無法呼吸。然後醫生又抓起我的左前掌，毫不遲疑地，喀擦！又剪掉我左邊的大拇趾。我記得那喀擦聲，記得比疼痛還清楚。那個聲響——喀擦——好大一聲。然後血流得到處都是。由於實在太痛了，我不由得發抖、發軟。然後醫生在我的傷口上抹藥膏，把我的前腳緊緊包紮好，還小聲跟我說：「他是下三濫，連爲他的小狗狗花點錢作局部

麻醉都不肯。」

現在你懂了吧？這就是我無法相信醫生的原因。不打麻醉就動手剪我的腳趾，只因爲他想賺錢賺不到，他也是個下三濫。

伊芙葬禮過後的第二天，丹尼帶我去看獸醫。獸醫是一個很瘦的男人，身上有乾草味，而且他的口袋好像無底洞，裝滿各種可以請客的好東西。他摸摸我的髖部，我試著盡量不要畏縮，可是當他壓到某些部位時，我還是忍不住。他做出診斷，開了些消炎藥，還說他現在也無能爲力，除非將來有一天可以動昂貴的手術，換掉我有毛病的地方。

丹尼向那男人道謝，然後載我回家。

「你的髖關節發育不全。」他跟我說。

要是我有手指頭的話，我一定會把手指塞進耳朵裡直到鼓膜破裂爲止，這樣我就什麼都聽不到了。

「髖關節發育不全。」他又重複一次，一邊不可置信地搖頭。

我也跟著搖頭。我明白這樣的診斷結果代表我快玩完了。也許我會慢慢死去，但可以肯定的是，我一定會死得很慘，因爲獸醫的診斷已經說明了一切。你所看到的情況遂變成無可避免的結果。你的眼睛往哪裡看，車子就往哪裡去。不論是何種心理創傷導致伊芙不相信醫療，我只能看到事情的結果：伊芙無法把頭轉開，不去正視別人一直叫她看的那個地方。聽到醫生鐵口直斷自己沒剩幾個月好活，很少人能夠拒絕接受而選擇走另一條路。我回想起當時伊芙是如何快速接受了自己不久於人世的事實，只因爲她周邊的人都認爲她快死了。現在換我被人預告要「謝謝收看」了。那是一段充滿折磨與痛苦的過程，符合大多數人對死亡的既定印象，而我試圖別過頭去。

38

因爲丹尼被控犯罪，所以雙胞胎得到暫時的禁制令，意思就是在審判期間，丹尼有好幾個月都不能見柔伊。丹尼被捕後不到幾分鐘，麥斯威爾與崔許馬上向法院提出請求，終止丹尼所有形式的監護權，因爲他顯然是一個不適任的父親。他是戀童癖、性侵犯。

不是說什麼「法律之前人人平等」嗎？有些人就是會花比較多的時間去閱讀法則，知道要怎麼搞對他們最有利。

我看過電影裡綁架小孩的情節，當小孩被陌生人帶走時，父母親的悲傷與驚恐幾乎要讓他們窒息。丹尼每分每秒都心如刀割，而我也以自己的方式，感受每一分痛楚。我們都知道柔伊人在哪裡，我們都知道是誰把她帶走，可是，我們卻無能爲力。

馬克·費恩建議，要是我們告訴柔伊打官司的事，恐怕會太刺激她，所以他勸丹尼編一個到歐洲賽車的故事，這樣可以解釋他爲什麼這麼久都不在。馬克·費恩也說服對方讓他們通信：柔伊的字條與繪畫會送到丹尼手上，丹尼也可以寫信給自己的小孩，只要他同意讓雙胞胎的律師檢查這些信。我們家的每一面牆上都有柔伊的可愛畫作，而丹尼跟我也花了許多漫漫長夜，一起精心設計寫給柔伊的信，敘述丹尼在歐洲賽車的豐功偉業。

儘管我很希望丹尼採取行動，以大膽又激烈的方式反擊整個體制，我還是相當尊重他的自制力。丹尼一直很崇拜艾默森．費迪帕爾帝[1]這位偉大車手，同業都叫他「艾默」，這位冠軍具有崇高的堅毅性格，而且他在跑道上也以務實聞名。投機取巧不是什麼好觀念，錯誤決定可能會讓你在印地[2]賽車場上撞牆，把車子撞成一團著火的金屬雕像，急救人員奮力要把你從車裡面救出來，這時燃燒乙醇的透明火焰已把你燒到見骨。艾默不但從不驚慌，也從不讓自己處於需要驚慌的境地。丹尼跟艾默一樣，絕對不冒不必要的風險。

雖然我也崇拜艾默，也想效法他，不過我想我還是喜歡走洗拿的駕駛風格——充滿感情與冒險精神。我好想把我們的生活必需品打包放上BMW，哪天祕而不宣開到柔伊的學校接她下課，然後就直接開往加拿大。從溫哥華出發，一路東行到蒙特婁（那裡有許多超棒的賽車跑道，一級方程式每年夏天的賽事也在那邊舉行），從此平靜過完餘生。

不過那不是我能選擇的。開車的不是我，根本沒人在乎我。難怪當柔伊問外公外婆可不可以看我時，他們全部都陷入一片驚慌。你看，誰教他們沒有人在意我的下落。那對雙胞胎根本不知道在他們精心設計的故事裡，如何把我安插進去，所以立刻打電話給馬克．費恩，然後律師又馬上打給丹尼，簡述了這個尷尬狀況。

「她什麼都信了，」雖然話筒緊貼在丹尼的耳朵上，我還是可以聽到馬克在電話那頭大吼大叫。「所以你他媽的把狗放到哪兒去了？你是可以帶牠出國賽車，但是搭飛機有檢疫條款啊！她知道什麼是檢疫嗎？」

「跟她說她當然可以看恩佐，」丹尼語氣很平靜，「我在歐洲時，恩佐同麥可與東尼一起住。柔伊喜歡他們，她會相信的。我會請麥可週六帶恩佐過去。」

所以事情就是這樣，麥可過了中午來接我，開車把我送到麥瑟島，我跟柔伊整個下午都待在大草坪上玩耍。晚餐前，麥可來把我送回丹尼那裡。

「她還好嗎？」丹尼問麥可。

「她看起來很好，」麥可說，「她笑起來跟她媽媽一樣。」

「他們在一起開不開心？」

「可開心了。他們玩了一整天。」

「玩你丟我撿嗎？」丹尼很想多知道一些細節。「她有沒有用狗玩具？還是他們玩追逐遊戲？伊芙一直不喜歡他們玩追逐遊戲。」

「沒有，大部分都在玩撿東西的遊戲。」麥可親切地回答。

「他們玩追逐遊戲時，我一點都不擔心，可是伊芙總是……」

「你也知道，」麥可說，「他們有時候就是突然倒在草地上，抱在一起。看了眞教人窩心。」

丹尼很快地擦擦鼻子。

「麥可，謝謝你。」他說，「真的，太感謝你了。」

「別客氣。」麥可說。

麥可努力要安撫丹尼，這點我很感激，即使他對實情避而不談。或許麥可並未看到我所看到的，也許他並未聽到我所聽到的——柔伊深沉的悲傷，她的寂寞。她還悄悄說要計畫跟我一起偷渡到歐洲去找她爸爸。

柔伊不在的那個夏天，對丹尼來說猶如雪上加霜，苦不堪言。除了與女兒分隔兩地，他的職業生涯也出現變數，雖然又獲得加入去年相同車隊的機會，卻被迫退出，因爲受審期間他必須一直待在華盛頓州，不然保釋金就會被沒收。再來，他也無法接下任何一個可以賺大錢的教學職務與送到眼前的廣告工作。他在霹靂山的精采表現贏得廣告界的大力推薦，電話邀約相當多。這些工作機會幾乎都在加州，有時在內華達州或是德州，偶爾會在康乃迪克州，所以他都不能去。他是華盛頓州的犯人。

不過……

我們都被賦予了形體的存在，如此才能學著認識自己。就更深入的層次來說，我明白丹尼爲何容許這種狀況降臨在他身上。我不會說是他引發了狀況，而是他「容許」狀況發生，因爲他需要測試自己的毅力。他想知道踩在油門上的腳還可以踩多久再放開。他選擇了這種生活，所以他也等於選擇了這場戰役。

進入盛夏後，我常常在沒有丹尼陪伴的情況下去看柔伊，這時我開始了解原來我也是這整起事件的一部分，我也是這齣戲的角色之一。因爲在七月的每週六傍晚，等麥

可向丹尼細數當天經過然後返回自己的世界，丹尼會和我一起坐在後門門廊，開始考問我。「你們有沒有玩撿東西的遊戲？有沒有玩拔河？有沒有追來追去？」他還會問：「你們有沒有抱在一起？」「她看起來還好嗎？有吃足夠的水果嗎？他們是不是買有機食品？」

我盡我所能，非常努力想要講出幾個字告訴他，但我就是說不出來。我試著用心電感應把我的思緒投射進他的腦袋裡，試著把我心裡的圖像傳給他看。我抽動自己的耳朵，把頭側向一邊。我點頭，我用爪子扒。

直到他笑看著我然後起身爲止。

「謝謝你，恩佐，」那些日子裡他常這麼說，「你不會太累吧？」

我會站起來搖尾巴。我從來就不會太累。

「那我們走吧。」

他會拿著狗玩具和網球，帶我走到藍狗公園，我們會玩你丟我撿的遊戲，直到光線變得微弱，蚊子從暗處出來急著找晚餐爲止。

---

❶ 艾默森．費迪帕爾帝（Emerson Fittipaldi）：F1賽車史上首位奪冠的巴西車手，曾拿下一九七二與一九七四年兩屆世界冠軍，進而帶動巴西國內賽車風氣。

❷印地（INDY）賽車：F1、CART與INDY是當今世界上水準最高的三大賽車。印地聯賽是從印地五百大賽變化而來，近幾年超越CART，成為北美第一大賽事。與F1主要的不同點在於使用規定的引擎和車架。

39

那年夏天，丹尼在史伯坎找到一份教練工作，然後透過律師馬克（由他假裝幫忙做橫跨歐美的聯繫）詢問雙胞胎，是否可以讓我在他們家過週末。他們答應了，因爲他們也漸漸習慣我出現在他們家。而且我在他們家的時候，總是表現出最體面的樣子，絕對不會弄髒他們昂貴的地毯，也不會向他們討東西吃，睡覺更不會流口水。

其實我比較想跟丹尼去賽車學校，可是我知道他要靠我代替他照顧柔伊，同時也要代表他當某種見證人。雖然我無法向他敘述我們會面的細節，但是我想我的現身，某種程度上可以讓他安心。

一個星期五下午，麥可把我送到柔伊久候的懷抱裡，她馬上把我帶到她房裡，我們一起玩打扮的遊戲。如果說我只是陪她一起玩，未免太輕描淡寫，你該看看我被迫穿上可笑衣服的模樣。不過那是我的自尊心在發言，我其實知道自己在柔伊宮廷裡扮演的是小丑角色，而且我也很開心可以擔綱演出。

那天傍晚，麥斯威爾帶我到外面的時間比平常早，他催我「去忙」。當我再進屋裡時，我被帶進柔伊的房間，裡面早就已經擺了我的床。顯然她要求跟我一起睡，而不是讓我睡在後門旁，或是，天啊，車庫裡。我縮成球狀，很快就入睡。

過了一會兒，我醒來，房裡光線微弱，柔伊還沒睡，而且還很忙，她在我床邊排滿了她的塡充動物玩具。

「他們會陪你。」她在排動物玩具時對我低聲說。

包圍我的好像有幾百個傢伙，各種形狀跟大小都有，有泰迪熊、長頸鹿、鯊魚、小狗、小貓、小鳥和蛇。她不疾不徐地排列，我在一旁看，直到我變成太平洋上的一座小型環礁，而那些動物則是我的珊瑚礁。柔伊有心和我分享她的動物，我覺得有趣又感動，然後我又進入夢鄉，覺得受到保護，很有安全感。

稍晚我在夜裡醒來，發現圍住我的動物牆還眞是高。不過我依然可以轉移重心和變換姿勢，讓自己覺得舒服點。可是當我調整好姿勢後，我被眼前恐怖的景象嚇死了。其中一隻動物，最上面的那隻直盯著我看──那是一隻斑馬。

一隻新的斑馬。她選了這隻來替代許久之前，那隻在我面前現出原形的惡魔，我記憶中那隻可怕的斑馬。

惡魔又回來了。雖然房裡很暗，可是我知道我看到它眼裡的一絲閃光。

你應該可以想見，當晚我睡得很少。我最最不想做的事情，就是在一堆動物屍體裡醒來，因爲惡魔又回來了。我強迫自己要保持清醒，可是我會忍不住打盹。每一次睜開眼睛，就看到斑馬正在瞪我。它就像建築物上的怪獸像，聳立在動物教堂之上，一直俯看著我。其他的動物沒有生命，它們只是玩具。這點只有斑馬清楚。

我整天都覺得懶洋洋的，可是我也盡量打起精神，設法偷偷打瞌睡來補眠。看在任何觀察者眼裡，我確定自己給大家很好的印象。不過，天一黑我就開始焦慮，我眞的很擔心斑馬會再次用它那嘲弄的眼光，一直折磨我。

那天下午，雙胞胎一如往常在露天平台上喝一杯，柔伊在電視間裡看電視，我在戶外陽光下打盹。我聽到他們的對話。

「我知道這樣做最好，」崔許說，「不過，我還是替他感到難過。」

「這樣做最好。」麥斯威爾說。

「我知道，可是……」

「他對一個小女生霸王硬上弓，」麥斯威爾嚴厲地說，「什麼樣的父親會去動天眞小女生的腦筋？」

我趴在露天平台上被太陽曬得暖呼呼的木頭上，聽到這話後我抬起頭，看到崔許哼了一聲、搖著頭。

「怎樣？」麥斯威爾問。

「我聽到的是，她可沒那麼天眞。」

「妳聽到什麼！」麥斯威爾衝口而出，「他對小女生霸王硬上弓耶！那叫強姦！」

「我知道，我知道。只是她挺身而出的時間點……未免太湊巧了吧。」

「妳的意思是她在編故事？」

「不是，」崔許說，「但是爲什麼彼得等到聽你訴苦，說怕我們拿不到柔伊的監護權後，才告訴我們這件事？」

「我才不管這麼多，」麥斯威爾說，一邊揮手打發她。「他不配伊芙，他也不配柔伊。而且如果他笨到被人抓到脫了褲子、手裡還抓著自己的老二，那我當然要好好利用這個機會。柔伊跟我們在一起會有比較好的童年，她會有更好的道德教養，會在更好的經濟條件下長大，她會有更好的家庭生活，這些妳明明知道，崔許。妳明明知道！」

「我知道，我知道，」她說，然後一口一口啜飲自己的琥珀色飲料，杯底沉著一顆亮紅色的櫻桃。「但他不是壞人啊。」

麥斯威爾把自己的酒一飲而盡，然後把酒杯啪地一聲放在茶几上。

「準備要吃晚餐了。」說完他就進屋去。

我嚇到了。我也注意到這些事情的巧合之處，打從一開始我就在懷疑。現在我終於親耳聽到這些話，聽到麥斯威爾冷酷無情的語調。

你想想看。若是你的太太因爲腦癌驟逝，她的雙親無情地攻擊你，只爲了取得你女兒的監護權。他們利用性騷擾的指控來打擊你，還請了又貴又聰明的律師，因爲他們比你有錢多了。他們不讓你跟六歲的女兒有任何接觸，而且已經連續好幾個月了。他們還限制你去賺錢養活自己，甚至限制你養自己的女兒。你想想看，你的意志力還能撐多久？

他們不知道自己交手的對象是誰。丹尼才不會向他們屈服，他絕對不會放棄；他絕對不會被擊垮。

我相當不齒地跟著他們進屋。崔許開始準備晚餐，而麥斯威爾從冰箱裡拿出他的辣椒罐。我心底起了一個歹念。對我來說，這兩個密謀者、操控者已經不算是人了。他們現在是邪惡雙胞胎，邪惡、可怕、卑鄙之人，他們塞辣椒到自己肚子裡，刺激胃裡產生更多的壞東西。當他們哈哈大笑時，火焰就從他們的鼻子裡噴出來。他們這種人不配活在這個世界上。他們是噁心的生物，是氮基生物形態，應該活在深湖底最陰暗的角落。那裡沒有光，水壓把一切都擠壓進沙裡，那種漆黑之地，連氧氣也絕對不會大膽冒進。

我對邪惡雙胞胎的憤怒讓我急於復仇，但我也只能使用我的狗性，作爲執行正義的工具。

當麥斯威爾又塞進一根辣椒入口，準備用他半夜會取下的假牙咬碎時，我現身在他面前。我坐在他前面，舉起一隻腳掌。

「想要東西吃啊？」他問我，顯然對於我的姿勢感到驚訝。

我吠叫示意。

「拿去吃吧。」

他從瓶子裡抽了根辣椒，拿到我鼻子前面。那是一根又大又長、被人工醃製得綠油油的辣椒，聞起來有亞硫酸鹽與硝酸鹽的味道。那是惡魔的糖果。

「我覺得那玩意兒對狗不太好。」崔許說。

「他喜歡啊。」麥斯威爾回嘴。

我第一個念頭是咬下那根醃辣椒，再配上幾根麥斯威爾的手指。不過那樣會引發大麻煩，在麥可回來救我前，我可能已經被安樂死了，所以我沒有咬他的手指，不過我倒是吃下那根辣椒。我知道辣椒對我不好，我馬上就會覺得不適。但是我知道那種不舒服會過去，而且我滿心期待那教人作嘔的反彈效應，正是我要的。畢竟我只是一隻蠢狗，根本不值得人類嘲笑，我也沒有那種腦袋可以爲自己的身體機能負責。我不過就是一隻笨狗嘛。

我仔細觀察他們用晚餐，因爲我想要親眼瞧瞧。雙胞胎讓柔伊吃上面蓋著某種奶油醬的雞肉。他們不知道柔伊雖然喜歡吃雞肉片，卻從來不沾醬，更別說是奶油醬了，她不喜歡那種黏稠感。柔伊不吃他們弄的四季豆，崔許問她要不要改吃香蕉。柔伊回答說好，崔許切了些香蕉片給她吃，可是柔伊幾乎沒動，因爲香蕉切得很隨便，而且上面還有咖啡色斑點，她總是會避開那些斑點。（丹尼幫她準備香蕉時，一定會先剔掉所有看得到的斑點，然後再小心翼翼地把香蕉切成相同厚度。）

這些魔鬼代言人——做人家外公外婆的人！——居然以爲柔伊跟他們在一起會過得更好！我呸！他們根本沒花時間去考慮她的幸福。晚餐後，他們甚至沒有問她爲什麼沒吃香蕉，居然讓她幾乎沒吃什麼東西就下桌了。丹尼才不會讓這種事情發生。他會準備她愛吃的東西，而且堅持她晚餐要吃得夠，才能健健康康長大。

這一切我都看在眼裡，我怒火中燒。而我的胃裡，這下充滿了發臭的混合物。

當天晚上該帶我出去的時候到了，麥斯威爾打開通往後面露天平台的雙扇玻璃門，開始重複他愚蠢的廢話：「去忙吧，狗狗，去忙吧！」

我沒有出去。我抬頭看他，想著他的所作所爲，他是如何拆散我們一家，爲了他自以爲了不起的個人目的而毀了我們的生活秩序。我又想到他跟崔許照顧我的柔伊時有多麼差勁。我就蹲在那裡，在屋子裡，拉出一大堆濃稠又刺鼻的腹瀉物，就在他那美麗、昂貴的亞麻色柏柏地毯❶上。

「搞什麼鬼啊？」他對我大叫，「壞狗！」

我轉身開開心心地慢慢踱回柔伊的房間。

「去忙吧，操你媽的！」我離開時還撂下狠話。不過，他當然是聽不到我的話啦。

我窩進自己的塡充動物環形窩裡時，聽到麥斯威爾大聲嚷嚷，叫崔許去清理我的大便。我看著斑馬，它依然盤踞在動物屍堆頂端的王座上。我對它低吼，聲音極其輕柔，卻也極具威脅性。惡魔知道那天晚上最好別惹我。

不只是那個晚上，最好永遠都不要惹我！

---

❶柏柏（Berber）地毯：北非部落民族用當地未經染色的羊毛，運用傳統方法織成的手工地毯。

40

啊，九月的氣息！

假期結束了。律師們恢復上班，法庭的工作人員也都回來了。擇期再審的拖延終於結束，事情就要眞相大白！

那天早上丹尼出門時穿著他唯一一套西裝，一件綢綢的卡其色兩件式西裝（在「香蕉共和國」服飾店買的），還打著一條深色領帶，看起來挺體面的。

「午餐時間麥可會過來帶你去散散步。」丹尼跟我說，「我不知道這次出庭要多久。」

麥可過來帶我在附近隨便繞繞，讓我不會太孤單，然後他又離開。下午稍晚，丹尼返家，他低頭對我微笑。

「我要不要重新介紹你們兩個認識？」他問。

在他身後的是柔伊！

我跳到半空中，蹦蹦跳跳個不停。我就知道！我就知道丹尼會打敗邪惡雙胞胎！我恨不得來個後空翻。柔伊回來了！

眞是讓人開心的下午。我們在院子裡玩耍，又跑又笑，彼此擁抱依偎，一起做晚餐，一起坐下來好好享用。能夠破鏡重圓眞好！晚餐後，他們在廚房裡吃冰淇淋。

「你很快又要去歐洲嗎？」柔伊突然冒出這個問題。

丹尼當場愣住。故事編得太成功，讓柔伊深信不疑。他在她的對面坐下來。

「不，我不回去歐洲了。」丹尼說。

她的眼睛亮了起來。

「耶！」她興高采烈，「那我可以回到自己的房間住了！」

「其實，」丹尼說，「我想恐怕還不行。」

她皺起眉頭，噘起嘴唇，想弄清楚他的話。我也搞不懂。

「爲什麼不行？」最後她問，聲音裡充滿沮喪。「我想要回家。」

「我知道，寶貝，可是律師和法官要決定妳將來住在哪裡。要是有人的媽咪死掉，都會遇到這種事。」

「你去告訴他們啊。」她堅持，「就跟他們說我要回家，我不想住在那裡了。我要跟你和恩佐一起住。」

「事情沒有這麼簡單。」丹尼說得吞吞吐吐。

「你去告訴他們啊。」她很生氣地重複，「你去告訴他們！」

「柔伊，有人控告我做了很壞的事……」

「你去告訴他們。」

「有人說我做了很壞的事，雖然我知道我沒有做。現在我得去法院向大家證明我沒有做。」

柔伊思索了好一會兒。

「是不是外公和外婆？」她問。

她的問題有如雷射般的準確，眞是讓我刮目相看。

「不是……」丹尼開口說：「不，不，不是他們。不過……他們知道這件事情。」

「我讓他們太愛我了，」柔伊輕聲說，低頭看著碗裡已經融化的冰淇淋。「我應該要當壞孩子，讓他們不想要我才對。」

「不是，寶貝，不是這樣，」丹尼沮喪地說，「妳別這樣說，妳應該要一直做妳自己才對。我會解決的，我保證一定會。」

柔伊搖頭，沒有看他的眼睛。丹尼知道對話已經結束，他收起她的碗，開始洗碗盤。我替他們倆感到難過，尤其更替柔伊難過，她還是得持續面對小孩子不懂的大人算計，而周遭大人與她相抵觸的願望，一如纏繞在棚架上的葡萄藤蔓，爭搶優勢。悲傷的柔伊回到自己的房間，跟那些她沒帶走的動物一起玩。

當天稍晚，門鈴響了。丹尼去應門，站在門口的是律師馬克·費恩。

「時間到了。」他說。

丹尼點點頭，把柔伊叫出來。

「這對我們可是重大勝利，丹尼，這眞是意義重大。你明白對吧？」馬克說。

丹尼點頭，可是他很難過。柔伊也是。

「每隔兩週的週末，從週五放學到星期天吃完晚餐，這段時間她是你的。」馬克說，「還有每週三你接她放學，八點前把她送回家，對吧？」

「沒錯。」丹尼說。

馬克．費恩看著丹尼，很久都沒說話。

「我還眞是他媽的以你爲傲，」他終於說出口了，「我不知道你的腦袋裡是怎麼回事，不過你還他媽的眞是個頑強的對手。」

丹尼深呼吸。

「我就是。」他也同意。

馬克把柔伊帶走。她才剛回來，又再度離開。我花了好些時間才完全了解情況，不過最後我終於懂了，那天稍早在法院進行的不是丹尼的犯罪審判，而是監護權聽證會。這個聽證會已經一拖再拖，延遲好幾個月，因爲律師要跟家人一起去羅培茲島的房子度假，而法官要去他自己在克雷艾倫的農場。我有種遭人背叛的感覺，因爲我知道那些人，那些法庭上的官員，根本不懂那晚我在餐桌上目睹見證的感受，如果他們懂，他們就會停下一切，取消其他該做的事，以確保迅速解決我們的問題。

就這樣，我們只踏出了第一步——禁制令被撤銷了，丹尼贏得探視權。不過柔伊的監護權還在邪惡雙胞胎那裡。丹尼還在因爲一件他根本沒做的重罪案受審。一切還是沒有解決。

不過，我還是看到他們團聚了。我看到他們彼此凝視，開懷大笑。這讓我更堅信宇宙間物極必反的道理。我明白原來我們身處在一場相當漫長的比賽中，我們只不過成功過了第一個彎道而已，不過我覺得這是我們苦盡甘來的好預兆。丹尼不是會犯錯的駕駛，有了新的輪胎與加滿的油，他會向任何想要挑戰他的人證明，他是一個頑強的對手。

41

短程衝刺賽的好看在於過程的炫目與激烈；五百英里賽事的策略與技巧也教人嘆爲觀止。不過，賽車手眞正比的是耐力賽。八小時，十二小時，二十四小時，甚至是二十五小時。在此我要介紹的是賽車史上被人遺忘的名字之一：路伊基·齊內堤（Luigi Chinetti）。

齊內堤是一位永不疲累的車手，從一九三二到五三年的利曼二十四小時耐久賽[1]，他無役不與。他最爲人所知的莫過於一九四九年的利曼賽，爲法拉利贏得首次勝利。在這二十四小時當中，齊內堤個人包辦了超過二十三個半小時。剩下二十分鐘的時間，他把車子的控制權讓給另一位駕駛彼得·米歇爾·湯普森——他是車主，也是一位蘇格蘭男爵。就這樣，齊內堤除了那二十分鐘之外，幾乎自己開完那二十四小時，而且最後贏了。

齊內堤是出色的車手、技師，也是生意人。他後來說服法拉利進軍美國市場，還說服他們授與他最早的——而且是許多年來唯一的——法拉利美國經銷權。他把昂貴的紅色汽車賣給超級大戶，這些有錢人也撒下大把銀子買他們的玩具。齊內堤一向對自己的客戶名單守口如瓶，這種引人側目的消費總要避人耳目。

齊內堤眞是一位偉大的人物，聰明、機敏又足智多謀。他在一九九四年過世，享年九十三歲。我常常在想他現在不知道變成誰，誰得到他轉世的靈魂。一個小孩子會知道自己靈魂的出身背景嗎？知道自己的家譜嗎？我很懷疑。不過在這個世界的某一角落，會有一個孩子正訝異著自己擁有傲人的持久力、敏捷的心思和靈巧的雙手。在某處，會有一個孩子可以不費吹灰之力，就完成需要大費周章的工作。這個孩子對自己的過去一無所知，但是他的心跳會因爲賽車的刺激感而加速——這孩子的靈魂就此甦醒。一位新的冠軍得主就這麼出現在我們之間。

---

❶ 利曼二十四小時耐久賽（Le Mans）：賽車界全球矚目的賽事，每輛賽車須由三位車手輪流上場駕駛，平均時速高達兩百三十公里以上，連續二十四小時高速奔馳後的行駛總里程超過五千公里。因參賽者實力相當，對車輛及引擎製作技術便是賽程最殘酷的考驗，故多家車廠皆將利曼賽冠軍視為終極目標。拿下這項勝利就等於是對造車技藝的最佳見證與背書。

42

好快。

一年過得好快，好像是從時間這隻猛獸的咽喉中奪下一口食物。

眞的好快。

但這幾個月沒什麼戲劇性發展，就這麼過去了，一個月接著一個月，直到另一個秋天來到。事情也幾乎沒什麼改變，來來回回，反反覆覆，律師們你來我往，玩著自己的遊戲，對他們來說那充其量只是遊戲，但對我們來說可不是。

丹尼照約定時間帶柔伊回來。他帶她去有文化氣息的環境，逛藝術博物館、科學展覽、動物園和水族館，教導她不少事情。有時，他還偷偷帶我們去玩小型電動賽車。喔，電動賽車。丹尼帶柔伊去的時候，她的年齡才剛好可以玩。而且她也很厲害，很快就熟悉小型賽車，彷彿是天生好手。柔伊反應眞快。

眞的好快。

沒怎麼教，柔伊就可以自己爬到方向盤後面，把金髮塞進安全帽裡，扣上安全帶，然後開車上路。沒有恐懼、沒有遲疑、沒有等待。

「你帶她去過史帕納威？」在她完成第一次賽程後，場上服務的小弟這麼問丹尼。史帕納威是在我們家南邊的一個地方，小孩子通常在那裡參加小型賽車的戶外練習課程。

「沒有。」丹尼回答。

「我看她可能會讓你輸得很難看。」小弟說。

「不可能吧。」丹尼哈哈大笑。

小弟緊張地看著時鐘，再透過玻璃帷幕看著收銀機人員。當時大約是下午三點多，午餐熱潮已過，而晚上要參加活動的人尚未出現，那裡除了我們之外沒有別人。他們讓我進去是因爲我以前去過，而且我從沒惹過麻煩。

「那就上場吧，」小弟說，「她贏，你付錢；你贏的話，不用錢。」

「那就來吧。」丹尼說。他沒帶自己的安全帽，於是從帽架上抓起一頂可以借用的。

他們開始比賽，兩人迅速起跑，丹尼先讓柔伊一點點，不給她壓力。前幾圈他緊緊跟在她後面，保持在她的後輪附近，讓她知道他的位置，然後才開始試圖超車。

而她使勁猛撞他的車門，不讓他超。

他再次試圖超車，她又偏過來撞他的車門。

再來一次，結果一樣。她好像知道他每分每秒的位置。小型賽車沒有後視鏡，戴著安全帽也沒有周邊視覺的空間。她「憑感覺」抓他的位置，她「懂」。

每當他有所行動，她就出手阻止，從沒錯失任何一次。

你想想她占了多大的優勢，她只有二十七公斤，而他有六十八公斤，這對小型賽車來說是極大的體重差異。還有，你再想想，他是三十歲的半職業賽車手，而她卻是七歲的「新手」，這當中有多少可能性啊。

她奪下了方格旗，上帝祝福她幼小的靈魂，她打敗了她的老爹。我好開心，我眞是太開心了，開心到就算得留在車上等他們進去安迪餐廳吃薯條喝奶昔，都不介意了。

丹尼前些日子是怎麼熬過來的？原因在此：他有一個祕密——他的女兒比他好、比他快、比他更聰明。雖然邪惡雙胞胎限制他去看女兒，但只要他能夠看到她，就會像開賽車一樣傾全力維持專注。

43

「我不想談這種事。」馬克·費恩說。他身體往後靠向鐵椅，直到椅子發出疲乏的呻吟。「這種事我講太多次了。」

春天又到了。維克卓拉咖啡店。深巧克力色的雙眼。

我睡在第十五大道的人行道上，我主人的腳邊，太陽把路烤得像一塊可以烹飪的石板。我伸開四肢趴著睡覺，不太想抬頭理會那些偶爾摸摸我的路人。就某種程度而言，那些人都羨慕我，希望自己也可以在沒有罪惡感、無憂無慮的情況下，在陽光下好好打個盹。他們不知道的是，其實我很焦慮，我們跟馬克一起開會時我都是這樣。

「我準備好了。」丹尼說。

「錢。」

丹尼點點頭，嘆了氣。「我還有一些錢沒進來。」

「你欠我一大堆，丹尼，」馬克開門見山，「我一直給你寬限，可是我得跟你做個了斷。」

「再讓我寬限三十天。」丹尼說。

「不行，朋友。」

「你可以的，」丹尼口氣很堅定，「你可以。」

馬克啜了一口他的拿鐵。

「我有調查人員、測謊專家、律師助理、後勤人員，我得付他們薪水。」

「馬克，」丹尼說，「我現在是在請你幫忙，再給我三十天。」

「你會一次付清嗎？」馬克問道。

「三十天。」

馬克喝完咖啡起身。

「好，三十天，我們下次在生活咖啡館見面。」

「爲什麼是生活咖啡館？」丹尼問道。

「我的深色巧克力雙眼，她去了薪水比較高的地方，現在在生活咖啡館。所以我們下次在那裡見面。條件是你要結清帳單，我給你三十天。」

「我會付的。」丹尼說，「你繼續你的工作就是了。」

44

馬克·費恩向丹尼提出解決方案：如果丹尼撤銷他對柔伊所主張的權利，刑事案件的指控就會消失。馬克說，事情就是那麼簡單。

當然，那是他個人的臆測。邪惡雙胞胎沒有跟他攤牌，不過根據馬克擔任律師的經驗，他知道是這麼一回事。因爲那女孩安妮卡的媽媽是崔許的表親，她也參與其中，而且在一開始的聽證會中，他們的律師也表明他們不希望丹尼因爲犯行而坐牢，他們只是想讓他成爲登記有案的性侵罪犯——性侵犯拿不到自己小女兒的監護權。

「他們非常奸詐，」馬克強調，「而且奸詐得很厲害。」

「跟你一樣厲害嗎？」丹尼問道。

「沒有人可以跟我比，不過他們眞的非常厲害。」

馬克還曾一度奉勸丹尼，也許對柔伊最好的做法就是讓她跟外公外婆住在一起，因爲他們更能提供她舒適的童年，如有需要，也可以支付她上大學的費用。而且馬克建議丹尼，如果選擇放棄監護權，不再是柔伊的主要撫養者，他更可以接下別州的教課與駕車工作，還可以參加全球性的賽事。馬克還強調小孩需要穩定的家庭環境，他說最好是

單一居住地點，以及連貫的學校教育。學校最好位於郊區，或是在市區的私立學校。馬克向丹尼保證，他至少會幫丹尼爭取到自由探視權。馬克花了相當長的時間說服丹尼接受這些事實。

我沒有被說服。當然，我明白賽車手一定要自私。任何菁英階級的成功，不自私是辦不到的。馬克說丹尼應該把個人需求放在自己的家庭需求之上，因爲魚與熊掌不可兼得——這種說法根本是大錯特錯。許多人都會說服自己，要達成目標就必須妥協，因爲我們無法達成所有的目標，所以必須篩選，排出欲望的優先順序，野心不要太大。但是丹尼不肯屈服，他要他的女兒，也要自己的賽車事業，兩樣他都不肯放棄。

賽車跑道上的狀況瞬息萬變。我記得有一次去看丹尼比賽，當時我陪在場邊，他的隊友負責照顧我。我們看比賽的位置接近起終點線，比賽還剩下最後一圈，丹尼位居第三，他前面還有兩輛車子。他們駛過我們面前，等他們再回終點衝線時，只剩丹尼一個人，他贏得了比賽。別人問起他是如何在最後一圈克敵制勝，他只是微笑著說，當他看到發令員比著一根手指（表示那是最後一圈），他突然靈光一現，告訴自己：「我會拿下這場比賽。」原本領先的其中一名賽車手因偏離而甩出車道，另一個則因爲輪胎鎖死而給丹尼一個輕鬆超車的空檔。

「永遠不嫌晚，」丹尼跟馬克說，「世事難料。」

眞的是這樣，世事多變，而且好像是爲了印證這件事似的，丹尼賣掉我們的房子。

我們一毛不剩，官司的確把丹尼榨乾了。馬克還要脅不再幫丹尼辯護。丹尼幾乎是無能為力。

他到友好搬運公司租了卡車，然後打電話請他的朋友幫忙，在那年夏天的某個週末，我們把所有家當從中央區的房子搬到國會山莊的一間公寓。

我好愛我們的房子。我知道房子小，只有兩間臥室和一間衛浴；院子也太小，不能讓我跑個過癮，而且有時夜裡街上還會傳來嘈雜的巴士聲。不過我很喜歡我在客廳硬木地板上常躺的位置，冬天太陽從窗戶照進來時那裡變得很暖和。我也很喜歡丹尼幫我裝的狗門，我可以自由自在跑到後院冒險。丹尼去上班時，我常常趁溼冷的雨天跑到後門門廊上，坐在那裡呼吸，看著樹枝搖晃，聞著雨水的氣味。

不過這一切都沒了，一切都結束了。從此我要在鋪有化學味地毯的公寓裡度日，隔音窗戶讓房子不太透風，還有嗡嗡作響的冰箱，好像為了讓食物維持冷度而太過賣力。而且，有線電視也沒了。

不過，我還是盡量往好處想。如果我把自己塞進沙發扶手下方和陽台落地玻璃門之間的角落（雖然那個陽台實在小到不算是個陽台），把自己擠在裡頭，就能看到對街的建築物。從狹窄的細縫間，我可以看到太空針塔[1]青銅色的小電梯，永不疲累地載著旅客從地面到天空，然後又再回到地面。

❶太空針塔（Space Needle）：西雅圖市中心的地標之一，約一百八十四公尺高。

45

丹尼把馬克・費恩的帳結清後，沒過多久，馬克就被任命爲巡迴法官。這玩意兒我不太懂，我只知道那是終身職，地位崇高，而且還不能拒絕。

丹尼找到一個新律師，他不會約我們在生活咖啡館或是維克卓拉咖啡店見面，因爲他才不在乎什麼眉毛穿洞、巧克力色雙眼的年輕美眉。如果說馬克・費恩可以用字母B開頭的字來形容，那麼這個新律師就是字母L。勞倫斯（Lawrence）先生——簡潔扼要（Laconic）、風格閒散（Laid-back）、過分憂傷（Lugubrious）……馬克先生火力十足；勞倫斯先生則有一對很大的耳朵。

這位新律師要求延期審理。在法律界可以這麼做，如果你需要時間研究全部的文件資料。雖然我知道中途換律師就是這樣，不過還是相當擔心。馬克那種人具有儼然已經贏得比賽的氣勢，而且會禮貌地等你算錢，讓你知道自己的荷包失血多少。至於勞倫斯先生可能也很能幹，不過他的姿態比較像是一隻沒有獵物的獵狗，悲傷的臉上有種「等你準備好再通知我」的表情。所以儘管我們本來好像已經快到岸了，但突然間地平線又消失在眼前，我們被迫再次等候法律系統啓動——法律系統是動了，但是非常非常地慢。

在丹尼跟我們的新代表開始共事後沒多久，壞消息越來越多。邪惡雙胞胎要控告丹尼，叫他付撫養費。

卑鄙，這正是馬克．費恩形容他們的用語。所以現在呢，他們除了帶走丹尼的小孩之外，還要求他支付她的飯錢？

勞倫斯先生辯稱雙胞胎的行爲是一種合法策略，儘管那種手段看似殘酷無情。他問丹尼一個問題：「爲了結果可以不擇手段嗎？」然後，他給了答案：「顯然，對他們來說，正是如此。」

我有一個假想的朋友，我稱他爲「報應之王」。我知道因果報應是宇宙間的一種力量，像邪惡雙胞胎那種人會因爲自己的所作所爲而得到報應。我也知道「不是不報，只是時候未到」「君子報仇三年不晚」，甚至要等到來世或再下一世的因果輪迴。邪惡雙胞胎現在可能還沒有意識到他們造業所帶來的衝擊，不過他們的靈魂一定會嘗到那種滋味。我明白因果報應的道理。

可是我不想再等下去，所以就請我那幻想中的朋友幫我的忙。如果你對某人不安好心，報應之王就會從天而降來教訓你；如果你踢某人，報應之王會從巷子裡跳出來回踢你；如果你冷酷又惡毒，報應之王也會給你適當的懲罰。

所以到了夜裡，在我臨睡前，我和我那假想的朋友講話，我派他去邪惡雙胞胎那裡行使正義。雖然那可能不算什麼，但卻是我可以做的。每天晚上，報應之王會讓他們做惡夢，他們在夢中被一群野狗無情狂追，嚇到驚醒，再也無法入睡。

46

那年冬天對我來說特別難受。也許是因為我們公寓建築裡的階梯，也許是我的基因缺陷所致，也許是——我只是厭倦繼續當一隻狗。

我真的好想擺脫這個軀體，不再受到它的束縛。我看著樓下街道上來來去去的行人，消磨自己寂寞無趣的時光，那些人都有地方可去，都有重要的目的地。而我，我無法打開門出去向他們打招呼。而且，就算我可以跟他們打招呼，我講的也是狗語，所以無法跟他們講話，也不能跟他們握手。我真的好想跟這些人說話啊！我好想融入他們的生活啊！我想要參與，不只是觀察而已；我想要評斷自己周邊的世界，而不只是當一個默默支持的朋友。

好，現在回頭看，我可以告訴你，造成我和那輛車子相互吸引的原因，應該是我當時的心理狀態，是我對生命的觀點——正所謂「你的心，決定你所看見的」。

我們晚上從自願者公園返家時已經很晚，平常短暫的遠足之所以拉長時間，是由於天氣情況特殊。不太冷也不太熱，有微風吹拂，天空還飄雪。我記得那場雪讓我感到不安。西雅圖下的是雨，溫暖的雨或是冷颼颼的雨。西雅圖是雨，不是雪。西雅圖有太多

太多丘陵地，所以容不下白雪。但是那天竟然下雪了。

我們從公園回家時，丹尼通常會鬆開我的鏈繩，而那天晚上我走離他太遠。我看著雪花飄落，在街道與人行道上積成薄薄的一層，就在我們來到人車稀落的第十大道前。

「唷，小佐！」他叫我。他對我吹口哨，哨音尖亮。

我抬頭一看，丹尼在阿囉哈街的另一邊，他一定是在我沒注意時過馬路到了對面。

「寶貝，過來啊！」

丹尼拍拍他的大腿，我覺得好像跟他分離，好像我們之間隔了一個世界，不只是一條二線道的馬路而已，於是我跳到街上要過去找他。

他突然大叫：「不要！等一下！」

輪胎並沒有像平常一樣發出尖銳的聲音。路面覆蓋一層薄雪，所以輪胎沒有作聲，變得安靜下來。然後車子撞上我。

眞笨，我心想，我眞是笨，我是世界上最笨的狗，我還敢夢想自己可以變成人？我眞是笨。

「鎭定下來，乖。」

他的手放在我身上，好溫暖。

「我沒看到……」

「我知道。」

「他突然衝出來……」

「我都知道，我都看到了。」

丹尼扶起我，抱著我。

「我家還要走好幾條街。他太重了……你可以載我回去嗎？」

「我可以幫什麼忙？」

「好，不過……」

「你有試著煞車，可是街上有雪。」

「我從來沒有撞到狗。」

「你只是掃到他一下。」

「我嚇死了……」

「他比任何人都還要害怕。」

「我從來沒有撞到……」

「剛才發生的事不重要，」丹尼說，「我們要想的是接下來會發生什麼事，上車吧。」

「是。」那男孩說。他只是個男孩，一個青少年。「我要往哪裡走？」

「一切都會沒事的，」丹尼說，一邊坐進後座，把我放在他的腿上。「深呼吸，開車吧。」

47

洗拿不需要死的。

那天晚上，我躺在丹尼的車後座要去動物醫院，正痛得嗚嗚叫時，我突然想到這件事——我心裡想的是F1賽車分站賽的伊莫拉[1]賽道，湯布雷羅彎道[2]。洗拿不需要死，他本來可以全身而退。

週六，比賽的前一天，洗拿的好友兼門生魯本斯．巴里切羅因意外而受重傷。另一位駕駛羅蘭．拉森伯格也在一次練習賽中喪生[3]。洗拿對於賽道的安全性感到非常不安。他在週日賽事當天早上召集其他車手，組織一個新的車手安全小組，還被選爲這個團體的負責人。

大家說他對於這場賽事，也就是聖馬利諾分站賽的態度很矛盾。他很認眞考慮要在週日早上以車手身分退休。他差一點就放棄比賽，差一點就可以平安脫身。

可是洗拿沒有離開，他還是去比賽，在致命的一九九四年五月一日那天，他的車子在著名的湯布雷羅彎道過彎失敗。該彎道以超高危險性與速度著稱，他的車子以將近一百九十英里的時速偏離跑道，撞上水泥護欄，懸吊系統斷裂，方向機柱刺穿頭盔，洗拿當場死亡。

也許他是死在前往醫院的直升機上頭。

也許他是死在賽道上，在他們把他從車身殘骸中拉出來之後。

洗拿的死因跟他的一生一樣神祕難解。

洗拿的死至今還是爭議不斷，車內側錄帶莫名地消失，他的死因眾說紛紜。ＦＩＡ國際汽車聯會的政治角力也參上一角。有這麼一說：在義大利，如果有車手死在賽道上，除了會立刻調查死因之外，比賽也會隨之中止。這是眞的。但如果賽程眞的因而中斷，國際汽車聯會、贊助商、比賽場地、電視收益等等都會蒙受鉅額損失，商機也會大受影響，這也是眞的。然而要是車手是死在直升機上，或是送往醫院途中，那麼賽事依然可以繼續進行。

以下的說法也是事實：車禍發生後第一位衝到洗拿身邊的西尼・瓦特金斯表示，「我們把他從駕駛座移出來，讓他躺在地上。這時，他嘆了一口氣，雖然我是百分之百的『不可知論』[4]者，當下我還是感受到他的靈魂離開身體。」

洗拿之死的眞相是什麼？他得年才三十四歲。

我知道眞相，現在我來告訴你：

洗拿深受崇拜、喜愛、愛戴、尊敬、敬重，在生時如此，死後也是一樣。他是一個偉大的人。過去是，現在是，將來也是。

洗拿於那天過世是因爲他身體的使命已達，他的靈魂完成了該做的事，學到了該學

的東西，所以便能自由離去。而我知道，當丹尼趕著帶我去找醫生治療時，如果我早已完成我在世上理應完成的任務，我早已學到我該學的東西，車禍當晚我就會再晚一秒鐘衝向對街，我就會被那輛車當場撞死。

但是我沒死——因爲我事情還沒做完，我還有任務要完成。

---

❶伊莫拉（Imola）賽道：聖馬利諾站（San Marino）的伊莫拉賽道全名為Autodromo Enzo e Dino Ferrari，以紀念法拉利車廠的創辦人恩佐（Enzo）與其在賽道上喪生的愛子（Dino）。伊莫拉是義大利亞平寧山脈東麓的小市鎮，法拉利、藍寶堅尼、馬莎拉蒂等專門製造純種跑車的名廠皆設立在附近，因此伊莫拉賽道成為義大利賽車文化中最重要的據點之一，亦是全球跑車迷的必遊聖地。

❷一九九四年聖馬利諾分站賽，洗拿在比賽時於湯布雷羅（Tamburello）彎道失控撞向護牆，是F1最後一個在賽道上喪生的車手。

❸一九九四年四月二十九日到五月一日，堪稱近二十年F1賽車史上最黑暗的一週，三天內共發生了三次嚴重車禍，其中又以五月一日下午洗拿在湯布雷羅路段的高速撞擊意外，對F1賽壇的衝擊最為巨大。

❹不可知論：是一種哲學觀點，認為形而上學的一些問題，例如是否有來世、上帝是否存在等，是不為人知或者根本無法知道的想法或理論。

48

狗和貓的入口不同，那是我在獸醫院記得最清楚的事。還有另一個入口是給得了傳染病的動物，這就不需分類。顯然貓狗遭感染時就是平等的。

我記得醫生很費力地處理我的髖部，然後給我一針，我就沉沉睡去。

等我醒來，還是頭昏腦脹，可是已經不痛了。我聽到零碎的對話片段，像是「發育異常」「慢性關節炎」「髖骨未移位性骨折」之類的術語，其他還有「置換手術」「肢體保全手術」「接合」「疼痛臨界點」「鈣化」「融合術」等。還有我最愛的術語：「老化」。

丹尼把我帶到大廳，讓我躺在棕色地毯上，在這微暗的空間裡還挺舒服的。醫生助理在跟他說話，因為我的麻醉未退，所以很多話都聽不懂，像是「X光」「鎮靜劑」「檢查與診斷」「可體松注射」「止痛藥」「夜間急診費用」。當然還有「八百一十二美元」。

丹尼遞給助理一張信用卡。然後他跪下來摸摸我的頭。

「你不會有事的，小佐，」他說，「你的骨盆裂了，不過那是會好的。只要好好休

息一陣子，你就會跟新的一樣好。」

「史威夫特先生？」

丹尼站起來回到櫃台。

「你的卡刷不過。」

丹尼愣住了。

「不可能。」

「你有沒有其他卡？」

「有。」

他們兩人都盯著藍色刷卡機，過一會兒，那位助理搖頭。

「你的卡刷爆了。」

丹尼皺眉，又拿出另一張卡。

「這是我的提款卡，一定沒問題。」

他們又繼續等，結果一樣。

「這不太對，」丹尼說。我聽得出來他的呼吸變快，心跳也加速。「我才剛存了自己的薪水支票，也許還沒有入帳。」

醫生從後面現身。

「有問題嗎？」他問。

「好，我存支票時還從戶頭裡面領了三百美金出來，我領了一些現金，拿去。」

丹尼在醫生面前把鈔票攤開。

「他們一定是先扣住了支票的其他錢或等兌現什麼的，」丹尼說，聲音聽起來很驚恐。「我知道我的帳戶裡有錢。或者明天一早我可以從存款裡轉帳過去。」

「別緊張，丹尼，」醫生說，「我想這只是誤會。」

他告訴助理：「幫史威夫特先生寫一張三百元的收據，然後再寫張字條給蘇珊，請她明天早上再過卡處理餘款。」

助理伸出手拿了丹尼的現金。當這個年輕人在寫收據時，丹尼看得很仔細。

「我可不可以先留個二十塊？」丹尼開口問得很遲疑。我可以看到他的嘴唇在顫抖。他非常疲憊、驚慌又難堪。「我的車子需要加油。」

助理看著醫生，醫生垂下眼睛，沉默地點頭後轉身離開，他背對著丹尼道了聲晚安。助理給丹尼一張二十元的鈔票和一張收據，丹尼把我抱回車上。

當我們回到家，丹尼把我放在我的床上，他則坐在黑漆漆的房間裡，只有外頭的街燈帶來光亮，他把自己的頭埋在雙手中，動也不動。

「我沒辦法。我撐不下去了。」他說。

我抬頭看，他是在跟我說話，他看著我。

「他們贏了，你懂嗎？」他說。

我要怎麼回應？我能說什麼？

「我連照顧你都負擔不起，」他對我說，「我連車子的加油錢也沒有。我一無所有

啊，恩佐。什麼都沒有了。」

天啊，我眞希望可以開口說話！我眞希望我有大拇指！這樣我就可以抓住他的衣領，可以把他拉過來我這裡，距離近到他的皮膚可以感受到我的氣息，那我就可以告訴他：「這只是一場危機。一下子就過了！這是對抗無情黑暗時光的一場戰役而已！是你教我要永不放棄的，你還教過我，有備而來的人永遠不怕沒機會。你一定要有信心啊！」

可是我無法說出口，我只能盯著他看。

「我努力了。」他說。

他這麼說是因爲他聽不到我，我剛才說的話他一個字都聽不到——因爲我是一隻狗。

「你是我的見證人。你看到我努力過了。」他說。

眞希望我的後腿可以站起來。眞希望我可以高舉自己的雙手去擁抱丹尼。我眞希望我可以跟他說話。

「我還沒有見證到，」如果我能講話，我會這麼說，「我等著看啊！」

他若聽到的話就會知道我在說什麼。他就會明白。

可是丹尼聽不到我說話——因爲我是一隻狗。

所以他繼續把頭埋進雙手裡，繼續坐困愁城。

我什麼忙也幫不上。

他一個人孤零零。

49

過了幾天，一個星期，還是兩個星期，我不知道。丹尼開始洩氣後，時間對我而言沒有意義。他看起來病厭厭，沒有活力，沒有生命力，我也是一樣。某一天，我們去拜訪麥可和東尼。當時我的髖部還是會難受，尚未痊癒，但是已經沒那麼痛了。

他們住的地方離我們並不遠。他們的房子很小，不過卻反映出不同的收入水準。丹尼曾經告訴過我，東尼在對的時間點待在對的地方，所以日後再也無需擔心錢的問題。這就是人生，你的眼睛往哪裡看，車子就往哪裡去，而這就是證明。

我們坐在他們的廚房裡，丹尼拿了一杯茶，面前還放了一個檔案夾。東尼人不在。麥可緊張地來回踱步。

「這個決定是對的，小丹，」麥可說，「我完全支持你。」

丹尼沒有動，也不講話，只是呆滯地瞪著檔案夾。

「這是你的青春，」麥可說，「這是你的時光。原則是很重要，但是你的人生一樣重要。你的名譽也很重要。」

丹尼點頭。

「勞倫斯幫你爭取到你要爭取的東西，對吧？」

丹尼點點頭。

「探視女兒的時間還是一樣，不過現在多了暑假兩週，耶誕節假期一週，另外還有二月的學校春假？」麥可問。

丹尼點頭。

「而且你不必再付撫養費了。他們會讓她上麥瑟島的私立學校，還會幫她支付上大學的費用。」

丹尼點點頭。

「而且他們願意以騷擾輕罪與緩刑來達成和解，你也不會留下性侵前科。」

丹尼點頭。

「丹尼，」麥可口氣很嚴肅，「你是個聰明人，是我遇過最聰明的人之一。我告訴你，這是個聰明的決定。這點你明白對吧？」

有好一會兒丹尼看起來相當困惑，他的眼光掃過桌面，然後看自己的手。

「我需要筆。」他說。

麥可走到丹尼身後的電話桌拿筆，遞給丹尼。

丹尼很遲疑，他的手放在檔案夾的文件上動也不動。他抬頭看麥可。

「我覺得他們好像割開了我的肚子，麥可。感覺他們好像把我開腸剖肚，取走內臟，我的下半輩子都要隨身拎著一個塑膠屎尿袋。我的下半輩子都要把這個屎尿袋綁在腰上，接一根管子，每當我把屎尿袋倒進馬桶，就會想到他們是怎麼剖開我的肚子，取出我的內臟，而我只能躺在那裡，苦笑著說：『嗯，至少我還沒有破產。』」

麥可似乎聽不懂。「的確不好受。」他說。

「是啊，」丹尼也同意。「的確是不好受。這枝筆不錯。」

丹尼拿起筆。那是一枝紀念筆，筆的塑膠頂端內有液體，裡面裝有會滑動的小玩意兒。

「伍德蘭公園動物園。」麥可說。

我湊近點看，那枝筆的頂端是一個小小的塑膠草原，而那個會滑動的東西，則是一隻斑馬。當丹尼斜拿著筆，斑馬就會滑過塑膠草原。斑馬還眞是無所不在啊。

這下我突然懂了，這斑馬正是我們自身的恐懼，正是我們自我毀滅的傾向。原來它不是我們的身外之物，它就在我們的「心裡」。當我們面對自己最低迷的時刻，斑馬正是我們自己最糟糕的部分。惡魔就是我們自己！

丹尼把筆尖移到紙上，我看到斑馬往前滑動，緩緩移向簽名欄。我知道準備簽名的不是丹尼，而是那隻斑馬！丹尼絕對不會只爲了幾週暑假、只爲了不用付小孩撫養費而放棄自己的女兒！

我是一隻老狗，最近還被車撞。但是我盡可能振作起來，丹尼先前給我吃的止痛藥也幫上一點忙。我撐起身子把自己的爪子放到他腿上，然後開始用牙齒去搆東西。接下來，我只知道我站在廚房門口，嘴裡叼著那份文件，而麥可與丹尼瞪著我，兩個人都完

全愣住。

「恩佐！」丹尼下命令，「放下！」

我不要。

「恩佐！放下！」他大叫。

我搖頭。

「過來呀！」麥可說。

我轉過去看，麥可手上拿著一根香蕉——他扮白臉而丹尼當黑臉。這真是不公平，他明知道我有多愛吃香蕉，不過，我還是拒絕。

「恩佐，你他媽的給我過來！」丹尼大喊，還撲向我。

我溜走了。

這是一場慢速的追逐賽，由於我的行動力因傷受限，不過那還是一場追逐賽。我聲東擊西、東躲西閃，又得避開那想要抓住我項圈的手。我讓他們抓不到。

雖然他們在客廳裡堵我，文件還在我這裡。即使他們眼看就要抓住我，從我的下巴扯出文件，我還是有機會。我知道自己陷入困境。不過丹尼教過我，除非方格旗開始飛舞，否則比賽還不算結束。我環顧四周，發現有一扇窗戶開著。窗開得不是很大，而且還有一層紗窗，不過窗子是開著的，那就已經足夠。

雖然痛得要命，我還是拚了。我用盡全力飛撲出去，殺出通路，用力撞穿紗窗而過。轉眼間我已經在走廊上，趕快跑進後院。

丹尼和麥可衝出後門，氣喘吁吁，但是卻沒有繼續追。他們似乎反而對我的身手印象深刻。

「他跳出去。」麥可上氣不接下氣地說。

「從窗戶跳出去。」丹尼補充他的話。

是呀，沒錯，我跳出去。

「如果我們把剛剛那段拍成錄影帶，很可能會拿下《歡笑一籮筐》節目的一萬美金獎金。」麥可說。

「把文件給我，恩佐。」丹尼說。

我嘴裡含著文件拚命搖頭。麥可看我不從，哈哈大笑。

「不好笑。」丹尼語帶責備。

「是還滿好笑的啊。」麥可為自己辯解。

「把文件給我。」丹尼又重複一次。

我把文件擱在我面前，用爪子壓著。然後我開始對著紙亂抓亂耙，想把紙埋起來。

麥可又大笑起來。

不過丹尼非常生氣；他怒眼瞪我。

「恩佐，」他說，「我警告你。」

我還能怎麼辦？我的表態難道還不夠清楚嗎？我還沒有傳達出自己的訊息嗎？我還可以做什麼呢？

只剩下一個辦法——我舉起自己的後腿，在文件上尿尿。

我只能仰賴動作來表達了。

丹尼和麥可看到我幹的好事，再也忍不住了，兩人哈哈大笑。我這幾年來從沒有看過丹尼笑得這麼開心。他們的臉漲成紅色，幾乎快不能呼吸。他們笑到跪在地上，直到不能再笑爲止。

「好，恩佐，」丹尼說：「沒關係。」

我跑過去找他，把那份被尿溼的文件留在草地上。

「打電話給勞倫斯，」麥可對丹尼說：「他會再印出一份，讓你簽名。」

丹尼站著不動。

「不了，」他說，「我跟恩佐是一國的。我也會在他們的和解書上撒尿。我才不管簽下名字是多麼聰明的決定。我沒有做錯任何事情，我也不會放棄。我永遠不會放棄！」

「他們會很生氣。」麥可嘆口氣說。

「叫他們去死吧！」丹尼說：「我要麼就是贏，要麼就是戰到最後一圈沒油爲止。但是我不會退出。我答應過柔伊。我不會認輸！」

我們回家後，丹尼幫我洗澡，還用毛巾幫我擦乾。然後他打開客廳的電視。

「你最喜歡看什麼？」他問我，一邊看著放錄影帶的架子，上面都是我們喜歡一起看的比賽。「啊，這裡有一捲你喜歡的帶子。」

他開始放錄影帶，那是一九八四年洗拿在F1摩納哥分站的比賽——雨中車神洗拿破雨而出，緊追領先車手保魯斯特。要不是因雨停賽，洗拿本來應該會贏。管他天上下雨，雨水從來不會阻礙洗拿。

我們一起看那場比賽，中間沒有休息。我們倆靠在一起，丹尼跟我。

50

我十歲生日的夏天到了，雖然全家還是沒團圓，但我們的生活也出現了一種平衡感。我們還是隔週與柔伊共度週末，她已經長得好高，無時無刻不在質疑某種假設、挑戰某個理論，或是發表個人意見——這總是讓丹尼露出驕傲的微笑。

車禍後，我的髖部痊癒情況不佳，可是我下定決心不讓丹尼再花半毛錢，像那晚在動物醫院那樣。

我咬牙忍痛，有時半夜還痛到睡不著。我儘量讓自己跟上生活步調；我的行動能力嚴重受限，無法快跑或是慢跑，不過快走還是走得相當好。我覺得自己表現得還不錯，因爲有時我會聽到那些知道我背景的人發表意見，說我看起來是多麼活躍，或是狗兒通常康復得有多快，而且很容易適應自己的殘疾。

我們的手頭還是一直很緊，因爲丹尼必須把一部分薪水給邪惡雙胞胎，還有那位冷靜的律師勞倫斯先生，他總是要求丹尼準時入帳。幸運的是，丹尼的老闆們很寬厚，讓他可以經常更改行程去參加不同的會議，而且他也可以在某些日子去太平洋賽車場教駕駛課，這樣丹尼也好賺更多錢去付訴訟費。

有時丹尼去上駕駛課，會帶我一起去賽場，雖然我不能跟他一起開車，我也挺喜歡在看台上看他上課，尤其喜歡在圍場裡走來走去，欣賞那些有錢的年輕男女所購入的最新車款——那些車主都是身價暴漲的科技新貴——從靈巧的蓮花跑車 Lotus Exige 到經典的保時捷，還有比較浮誇的藍寶堅尼，場上總是不乏養眼的名車。後來我成了大家口中的賽場之狗。

七月底的一個大熱天，我記得我們當時正在上課，大夥兒都在賽場上，我看到一輛漂亮的紅色法拉利 F430 從圍場開出來，來到學校總部。一個小個頭的老男人從車裡出來，學校負責人唐・季奇上前迎接。他們互相擁抱，聊了幾分鐘。那男人緩緩走到露天看台去看賽場，唐・季奇以廣播通知他的工作人員停止課程，把學員帶去午餐休息。

就在學員們下車聽教練給他們建設性的評語與提醒時，唐叫丹尼過去，我也跟過去，因爲我好奇發生什麼事。

「我需要你幫個忙。」唐對丹尼說。

突然間，那位開法拉利的矮小男人也加入我們。

「你記得路卡・潘多尼吧？」唐問道，「幾年前我們去過你家吃晚餐。」

「當然記得。」丹尼邊說邊握路卡的手。

「您太太的廚藝眞好，」路卡說，「我還記得很清楚。請接受我眞誠而感同身受的慰問。」

當我一聽到他講話帶著義大利腔，我馬上就認出了這個法拉利公司的人。

「謝謝。」丹尼平靜地說。

「路卡希望你可以帶他看看我們的賽場。」唐說，「你等等可以利用課間休息時間吃個三明治對吧？你不用現在吃午餐吧。」

「沒問題。」丹尼邊說邊戴上自己的頭盔，走向那輛精緻跑車的乘客座。

「史威夫特先生，」路卡把他叫住，「是否可以讓我坐乘客座，讓我可以看得更多一點。」

丹尼吃驚地轉頭看唐一眼。

「您要我開這輛車嗎？」他問。畢竟，這輛法拉利F430的價格將近二十五萬美金。

「有事我負責。」路卡說。

唐點點頭。

「這是我的榮幸。」丹尼說，接著他進入駕駛座。

那真是一輛絕美的好車，配備不適合道路駕駛，反而適合賽車跑道。它有陶瓷剎車碟盤、FIA國際汽車聯會審核通過的一體成型座椅與安全帶、全套防滾籠，而且我懷疑它還有一級方程式賽車規格的方向盤換檔撥片。兩個男人扣好安全帶後，丹尼按下電子啓動鍵，車子汽缸點火，瞬間活了起來。

啊，多麼好聽的聲音啊——美妙引擎的低鳴混雜在巨大排氣管低沉洪亮的隆隆聲裡。丹尼輕彈方向盤後撥桿，他們從闈場區緩緩出發朝賽道入口前進。

我跟著唐走進教室，裡面的學生抓著超大三明治，狼吞虎嚥又開懷大笑。一個早上緊張刺激的賽場時光，已為他們的生命注入等值一週的歡愉。

「如果各位駕駛想看點特別的，」唐說，「拿著你們的三明治到露天座位去。外面有一場午餐教學。」

賽道上只有那輛法拉利，通常賽道在午餐時間是不開放的，不過現在情況特殊。

「這是怎麼回事？」其中一名教練開口問唐。

「丹尼有一場面試。」唐回答得很神祕。

我們全都趕去露天座位，還來得及看到丹尼過了第九彎道，然後衝向直道。

「我想他還需要跑個三圈來熟悉線傳變速系統。」唐說。

的確如此，丹尼一開始很慢，就像他在霹靂山載我時一樣。天啊，我真希望自己可以和路卡換位置。他真是一隻幸運的狗呀！能在F430車上當丹尼的副駕，肯定是超棒的經驗。

丹尼開得輕鬆自在，不過等他開到第三圈時，車子出現明顯變化，不再是一輛汽車，反而變成一團火紅。車子不再發出低鳴，當它呼嘯衝過直道時，發出尖銳聲響，速度之快，讓這些學生相視而笑，彷彿有人剛剛說了一個低級笑話。丹尼正在暖身。

一分鐘後，法拉利突然從第七彎道出口的樹叢衝出，實在快到讓人懷疑它是不是抄捷徑，它的懸吊系統功能發揮得淋漓盡致，然後在「啵、啵、啵」聲中我們聽到電子離合器從六檔換到三檔，又看到陶瓷剎車碟盤在鎂合金輪胎輪圈間發出紅光，接著聽到油門全開的聲音，眼看車子銳不可當地猛力衝過第八彎道，好像成了一輛在軌道上疾馳

的火箭車，其火熱的橡膠賽車熱熔胎緊緊抓著滑溜的地面，就像魔鬼沾一樣，然後——啵！——換到高檔，接著——啵！——在我們面前一閃而過第九彎道，距離水泥護欄不到兩英寸。飛車的「都卜勒效應」❶將其低吼轉爲咆哮，然後繼續往前衝——啵！——再次換檔，又呼嘯而過。

「哇靠！」有個學生說。

我回頭看他們，學生都因爲驚訝而張大嘴巴。我們都非常安靜，甚至可以聽到那啵啵聲，當丹尼在第五彎道後頭準備要過彎時——這次過彎我們雖然看不到，但是可以想像，因爲有那麼美妙的音效——然後再一次，丹尼在我們面前以百萬英里的時速側傾飆過。

「他距離極速有多近啊？」有個學生大聲問道。

唐微笑，搖搖頭。

「他早就超越極速，」他說，「我相信路卡先生請他盡全力好好表現，而他現在正在努力表現。」接著他又回頭向人群大喊：「你們可別這樣開車啊！丹尼是職業賽車手，而且那不是他的車子！如果車子撞壞了，他也不用賠！」

一圈又一圈，他們持續繞圈直到我們覺得頭暈目眩、看得精疲力竭爲止。然後車子開始慢下來——一個冷胎圈❷——然後停進閘場。

當丹尼與路卡從那輛熱呼呼的車子出來時，所有學員都圍上前去。學生們鬧哄哄的，伸手觸摸發熱的引擎蓋，爲這場蔚爲奇觀的精采飛車秀大聲歡呼。

「大家統統都進教室！」唐大叫，「我們要復習各位今早課程的場邊重點。」

學生們紛紛進去時，唐結實地拍了丹尼的肩膀。

「感覺怎麼樣？」

「爽呆了。」丹尼說。

「幹得好，你應得的！」

唐進去上他的課。路卡走過來伸出他的手，手裡拿著一張名片。

「希望你可以來替我工作。」路卡以濃重的腔調說。

我坐在丹尼旁邊，他按習慣蹲下來搔我的耳朵。

「謝謝你的好意，」丹尼說，「不過我想自己不是一個很好的汽車銷售員。」

「我也不是。」路卡說。

「可是你是法拉利的人。」

「我在法拉利總部馬拉內羅工作，我們那裡有很厲害的賽道。」

「我明白了，」丹尼說，「所以您是要我在……哪裡工作？」

「在賽道上。我們需要人，因為經常有買新車的顧客需要賽道教學。」

「教學？」

「是有這個需要，不過最主要的工作還是測試車子。」

丹尼的眼睛睜得很大，他深吸了一口氣，我也是。我們都在想，這個男人所說的話，跟我們以為自己聽到的是不是一樣？

「在義大利。」丹尼說。

「是的，你和你女兒會有一間公寓。當然，還會配給你一輛公司車，是飛雅特。算是你整套薪酬的一部分。」

「住在義大利，」丹尼說，「幫法拉利試車。」

「是的。」

丹尼轉著他的頭，身體繞著圓圈轉，然後低頭看我，笑了出來。

「爲什麼是我？」丹尼問，「很多人都可以開這輛車。」

「唐告訴我你在雨天表現相當傑出。」

「我是，不過這應該不是眞正的原因。」

「不是，」路卡說，「你說對了。」他看著丹尼，湛藍的雙眼出現笑意。「不過我希望等到你到馬拉內羅跟我一起工作時，再跟你說個仔細，我可以請你到我家吃晚餐。」

丹尼點點頭，咬著嘴唇。他拿著路卡的名片輕敲自己的大拇指指甲。

「謝謝您大方提供的工作機會，」他說，「不過，恐怕目前有些狀況讓我無法出國，甚至連離開這一州也不行，所以我只好回絕。」

「我知道你的狀況，」路卡說，「所以我才會到這裡來。」

丹尼抬起頭，非常驚訝。

「這個位置會保留給你，直到你解決問題，可以不受環境干擾，自由做決定爲止。」

名片上有我的電話。」

路卡微笑，再次握了丹尼的手。然後他鑽回法拉利裡頭。

「我希望您可以告訴我原因。」丹尼說。

路卡舉起他的手指。

「到我家吃晚餐，你就會懂。」

他開車走了。

丹尼充滿疑惑地搖頭，此時高性能汽車駕訓學校的學生從教室出來，各自去開他們的車。唐又出現。

「怎麼樣？」唐問道。

「我不懂。」丹尼說。

「他第一次遇到你時，就對你的職業生涯很感興趣。」唐說，「只要我們聊天，他都會問你現在如何。」

「他爲什麼這麼關心？」丹尼問道。

「他想要親口跟你說。我只能說他對於你爭取女兒的方式感到很敬佩。」

丹尼思索了一會兒。

「但要是我贏不了呢？」他問。

「輸了比賽並不可恥，」唐說，「只有因爲怕輸而不比賽才丟臉！」他停頓一會兒。「現在去找你的學生吧，蚱蜢，你給我上賽場去！那裡才是屬於你的地方！」

❶都卜勒效應（Doppler effect）：德國物理學家都卜勒（Christian J. Doppler）於一八四二年首次提出的理論——聲、光或電磁波的波源本身處於運動狀態時，觀察者所接受到的頻率會發生變化。

❷冷胎圈：指比賽結束後，全部賽車減速繼續繞場行駛一圈，也可以說是謝場圈。

51

「你要不要出去尿尿？我們走吧。」

丹尼手裡拿著我的鏈繩，穿著牛仔褲，還有一件抵擋秋天涼意的薄外套。他把我身體抬高扣上鏈繩，我的腳都快站不穩了。我們在黑夜裡出門，在此之前我已經睡著了，不過現在是我尿尿的時間。

我最近感覺自己的健康正逐漸走下坡。我不知道去年冬天的車禍是不是把我的內臟管線什麼的給撞鬆了，還是與丹尼給我吃的藥有關係。我已經慢慢得了尿失禁這種麻煩病。只要稍微活動後，就會睡得很沉，醒來時已經尿床，通常只是幾滴而已，不過偶爾也會滿多的，眞是丟臉死了。

我的髖部也出現嚴重問題。一旦我起身動一動，關節與韌帶暖身後，就感覺很好、可以活動自如。不過只要一睡覺或是躺下來，不論時間多久，我的髖關節就會僵掉，很難再次起身行動，甚至連站起來都有困難。

我的健康問題導致丹尼無法留我單獨在家一整天。他開始得在午餐時間回來看我，帶我出去尿尿。他人眞好，還跟我解釋說他這麼做是爲了自己：因爲他覺得整個人死氣

沉沉，而且非常挫折。律師的進度跟冰河移動一樣緩慢，丹尼也無法讓他們加快腳步，所以他把從工作地點走回公寓的這一小段路，當作是一種提振方法。是的，走這一趟可以讓他做點有益心血管的運動，而且還給了他一種目標、一種任務，讓他除了等待之外還有事情可做。

那天晚上，丹尼帶我出門，時間大概是十點左右，我知道時間是因爲《驚險大挑戰》剛播完。當晚眞是令人心曠神怡，我喜歡呼吸時從鼻子吸入的那種甦醒感、那種活力。

我們穿過松木街，我看到恰恰酒吧外有人在抽菸。我強迫自己要克制去聞水溝的欲望，我才不要在別的狗走過後把自己的鼻子湊上去聞別隻狗的屁股味。不過我還是跟一般動物一樣在街上尿尿，因爲我別無選擇——我只能好好當一隻狗。

我們從松木街往市區走，然後她竟出現在那裡。

我們倆都停下腳步，屏住呼吸。兩個年輕女孩坐在包浩斯咖啡書店的戶外座位，其中一個是安妮卡。

妖姬！狐狸精！壞女人！

看到這個賤女人還眞是讓我們不舒服。我好想撲上去，用嘴咬住她的鼻子用力扭下來！我眞恨這個因爲發情而攻擊丹尼、然後反咬丹尼的年輕女孩。我眞的非常看不起她，爲了一己之私而拆散了這個家。眞是個讓人瞧不起的女人！換作女演員凱薩琳·赫本[1]，肯定會一拳把她擊倒，同時哈哈大笑。我可眞是怒火中燒。

她跟另一個女孩坐在包浩斯的戶外座位，居然就在「我們家」附近這家時髦又酷的咖啡廳，她坐在那裡喝咖啡又抽菸！她現在應該有十七歲了，也許是十八歲，在法律上已經是個成年人。技術上而言，她可以坐在任何一個城市的任何一家咖啡店，繼續要她的卑鄙。我不能阻止她，但是我不必跟這女人打交道。她是個幼稚的騙子、害人精！

我以爲我們會過街避免正面接觸，不過正好相反，我們卻直接走向她。我不明白，也許丹尼沒有看到她。也許他不知道？

但是我知道，所以我開始抵抗。我賴在地上不走，把頭壓低。

「過來，乖。」丹尼命令我。他用力拉我的狗鏈。

我不要。

「給我過來！」他怒氣沖沖。

不要！我就是不要跟他一起去！

然後他彎下身子，跪下來抓住我的口鼻，看著我的眼睛。

「我也看到她了，讓我們有尊嚴地處理這個狀況。」他說。

丹尼鬆開我的口鼻。

「這麼做是『爲了我們』，小佐。我希望你走過去她那邊，表現得喜歡她勝過任何人。」

我不懂他的策略，不過我默從了。畢竟，我的狗鏈在他手上。

當我們並列朝她那桌走去，丹尼停下腳步，露出驚訝的表情。

「啊，嗨！」他的聲調很愉快。

安妮卡抬頭，假裝很驚訝，顯然她早就看到我們，但希望不要有任何互動。

「丹尼，眞高興看到你！」

我也乖乖配合演出。我熱情地與她打招呼，用鼻子緊挨著她，還把自己的鼻子放在她的雙腿間，我坐下來，充滿期待地看著她。大家看到狗狗這個樣子都會被深深吸引，不過我的內心深處卻翻騰不已。她的妝、她的頭髮、她的緊身毛衣，還有她起伏的胸部，都讓我覺得噁心！

「恩佐！」她說。

「嗨，」丹尼說，「我們可以談一會兒嗎？」

安妮卡的朋友站起身來。

「我再去買杯咖啡。」她說。

「不，」丹尼搖搖手阻止她，「請妳留下來。」

她遲疑不動。

「妳必須留下來親眼見證這裡沒有出現不宜舉動，」丹尼解釋道，「如果妳離開，那我也得走。」

那女孩看著安妮卡，她點頭答應。

「安妮卡。」丹尼開口。

「丹尼。」

他從隔壁無人的空桌拉了一張椅子，坐在她旁邊。

「我很清楚發生了什麼事。」他說。

這還眞奇怪，因爲我眞的搞不清楚，我完全不明白出了什麼事。是她先攻擊丹尼，然後她控訴丹尼攻擊她，也因爲如此，我們只能在一個星期的某幾天去看柔伊。爲什麼我們現在要這樣和顏悅色跟她說話，而不是痛罵她、吐她口水？我眞的不懂。

「或許我給了妳一些暗示，」他說，「那都是我的錯。不過就算是綠燈亮，也不表示妳可以不看兩側就直接衝過馬路。」

安妮卡疑惑地皺起臉來，看著自己的朋友。

「那是一種隱喻。」她朋友說。

哈！隱喻，這是她說的！太好了！這個女的知道要如何解讀英語！

「我本來可以讓情況完全不一樣，」丹尼說，「我一直沒有機會跟妳說這些，因爲我們被隔離了。不過這一切都是我的錯，都是我的問題，妳什麼都沒有做錯。妳是個很有魅力的女孩子，我也知道我注意到妳的美貌——即使我沒有明示——也可能給了妳暗示，讓妳以爲我可以交女朋友。不過，妳知道我是有婦之夫。我跟伊芙結婚了，而且妳年紀眞的太小了。」

安妮卡聽到伊芙的名字便低下頭。

「也許有那麼一瞬間，我把妳當成了伊芙，」丹尼說，「也許我看妳的眼神就像我以前看伊芙一樣。不過，安妮卡，我知道這件事情讓妳有多麼生氣，但是我不知道妳

是否明白現在的狀況，以及後續的結果。他們不讓我跟自己的女兒在一起。這點妳知道嗎？」

安妮卡抬頭看他，然後聳肩。

「他們想讓我成爲登記有案的性侵犯，也就是說以後我不管住在哪裡，都一定要去向警察報到。而且我永遠不能在沒有監視的情況下探視我的女兒。他們有告訴妳這件事嗎？」

「他們說……」她輕輕說，可是話沒說完。

「安妮卡，當我第一次看到伊芙時，我無法呼吸、無法走路。我當下覺得只要她離開我的視線，我就會從美夢中醒來，發現她消失不見。我整個世界都圍繞著她而轉動。」

丹尼停頓下來，我們大家都沉默不語。這時一群人從對街的餐廳出來，大聲道別，他們歡笑、親吻、擁抱，然後各自離開。

「我們之間是絕對不可能的，理由有千百萬個——我的女兒、我的年紀、妳的年紀，還有伊芙。換成不同的時間，不同的地點？也許有可能。但不是現在，也不是三年前。妳是個很好的女孩，我相信妳會找到合適的伴侶，過著幸福快樂的生活。」

她抬頭看他，雙眼睜得好大。

「但我很抱歉那個人不會是我，安妮卡，」他說，「不過，總有一天妳會找到那個讓妳的世界停止轉動的人，就像伊芙讓我的世界停止轉動一樣，我向妳保證。」

她看著自己的拿鐵陷入沉思。

「柔伊是我的女兒，」他說，「我愛她就像妳父親愛妳一樣。求求妳，安妮卡，別讓她離開我。」

安妮卡的視線沒有離開她的咖啡，不過我瞄一下她的朋友，她的下眼瞼噙著淚水。

我們停住好一會兒，然後轉身快步離去，丹尼的腳步已經好幾年來沒有這麼輕快過。

「我想她聽進去我的話了。」他說。

我也這麼想，可是我要怎麼回應呢？我叫了兩聲。

他看著我大笑。

「快一點好嗎？」他問我。

我又叫了兩聲。

「那就快一點吧。」他說，「我們走吧！」然後我們快步趕路回家。

---

❶ 凱瑟琳．赫本（Katharine Hepburn,1907-2003）：好萊塢女星，經常演出個性犀利、堅毅的角色。

52

站在門口的那對老夫妻，我完全不認識。他們年老、衰弱，穿著破破爛爛的衣服，帶著老舊的布皮箱，東西塞滿滿的很難看。他們身上聞起來有樟腦丸和咖啡的味道。

丹尼擁抱那位婦人，親吻她的臉頰。他一手接過她的袋子，另一手跟那個男人握手。他們拖著腳步進入公寓，丹尼幫他們脫外套。

「房間在這裡，」他對他們說，一邊把他們的行李拿進臥室，「我睡沙發。」

他們都沒有說話。男人已經禿頭，只剩下一小撮黑髮。他的頭骨又長又窄，眼眶跟顴骨一樣深陷，臉上留著看起來很扎人的灰色短鬚。那婦人有一頭白髮，不過相當稀疏，幾乎可以看到她大部分的頭皮。雖然人在公寓裡，卻戴著太陽眼鏡，而且她通常都靜靜站著等她旁邊的男人，然後才開始動作。

她向那男人附耳低語。

「你媽媽說想上洗手間。」那男人說。

「我來帶她去。」丹尼說。他站在老婦人的旁邊，伸出手。

「讓我來。」那男的說。

婦人扶著那男人的手臂，他帶著她走通往洗手間的走廊。

「電燈開關在擦手巾後面。」丹尼說。

「她不需要開燈。」那男的說。

等他們進到洗手間，丹尼轉過身，用自己的手掌揉搓自己的臉。

「看到你們眞好，」他的臉埋在手裡說，「眞的好久不見。」

53

要是我早知道那是丹尼的父母，我就會對這兩位陌生人表現出更歡迎的態度。沒有人事先通知和警告我，所以我這麼驚訝也完全合乎常理。不過，我還是挺遺憾沒有把握機會像對待家人一樣招呼他們。

他們跟我們一起住了三天，幾乎都沒有離開公寓。有一天下午，丹尼接回柔伊。她的頭髮綁著緞帶，還穿了美麗的洋裝，看起來眞漂亮。而且丹尼顯然已經先行指導過柔伊，因爲她願意在沙發上久坐，讓丹尼的媽媽用雙手去探索她的臉龐。在整個會面過程中，丹尼的媽媽淚流滿面，淚水如雨滴般落在柔伊的印花洋裝上。

我們的餐點由丹尼準備，都是些簡單的食物，有烤牛排、蒸四季豆、水煮馬鈴薯。大家吃東西時都很安靜。這三個人擠在這麼小的公寓裡，話又這麼少，對我來說還眞是奇怪。

丹尼的爸爸跟我們在一起時，態度已不再那麼強硬，甚至還對丹尼微笑好幾次。有一次，在安靜的公寓裡，我正窩在自己的角落看著太空針塔的電梯，他走過來站在我後面。

「你在看什麼?」他偷偷問我，還摸著我的頭頂，用手指搔抓我的耳朵，就跟丹尼一樣。兒子的摸法跟爸爸的摸法居然這麼相像。

我回頭看他。

「你把他照顧得很好。」他說。

我不知道他是對我還是對丹尼說話。如果他是在對我說話，他的意思是命令還是答謝?人類的語言雖然因爲有數千個辭彙而非常精確，不過有時模糊的程度還眞是讓人吃驚。

他們來訪的最後一夜，丹尼的爸爸交給他一個信封。

「打開吧。」他說。

丹尼照做，看信封裡面的東西。

「這究竟是怎麼來的?」他問道。

「我們的。」他爸回答。

「可是你們根本沒有錢啊。」

「我們有房子，還有農場。」

「你不能賣房子!」丹尼大叫。

「我們沒有賣，」他爸說，「他們說那叫逆向抵押貸款。我們死後銀行會拿走我們的房子，不過我們想你現在會比以後更需要錢，所以就……」

丹尼抬頭看他爸爸。他爸爸又高又瘦，衣服披在身上，就好像掛在稻草人身上。

「爸……」丹尼開口，熱淚盈眶，只能一直搖頭。他爸爸上前擁抱他，把他緊緊抱住，還用他的長手指去撫摸丹尼的頭髮，他的長指甲在接近根部處有著又大又白的半月形。

「我們從來沒有爲你做過對的事，」他爸爸說，「從來沒有。這次我們要好好補償你。」

他們第二天早上離開，就像是秋天的最後一陣強風，把樹吹得窸窣作響，直到僅存的葉子落下。他們的到訪短暫但卻非常令人震撼，這也象徵季節就要變換，生活即將重新展開。

54

身為一位車手必須要有信念，相信他的天賦、他的判斷、周圍車手的判斷，還有物理學。車手必須信任他的團隊、他的車子、他的輪胎、他的煞車，還有他自己。

彎道頂點設錯了位置，車手被迫偏離平常的路線。他的速度太快，輪胎失去抓地力，車道開始變得滑溜。這時車手突然發現自己出彎點時已經沒有車道，而且速度太快。

這個賽道上的困境逼迫車手必須做出決定，做出會影響他的比賽與將來的決定——車頭切入可能會造成毀滅，因為反打前輪只會讓車子打轉；甩尾也一樣糟糕，會讓車子的後半部失控。要怎麼做才好？

車手必須接受自己的命運，他必須接受錯誤已然發生的事實。錯誤的判斷、糟糕的決定，一連串的情況讓他陷入現在的處境。車手必須全盤接受，也要勇於付出代價——他必須讓車輪不再抓地。

拋掉兩個輪子，甚至是四個，這不論是就車手還是參賽者而言，都是很可怕的感受。四個車輪都不抓地後，路面給車子底盤的反彈力，讓人有一種在糞肥裡游泳的感

覺。當他的車輪不再抓地，其他車手乘機超越他，搶下他的位置，繼續高速度前進，只有他一個慢下來。

就在此時，車手感受到前所未有的危機感。他「一定」要再加油，他「一定」要再回到賽道上。

天啊！眞是愚蠢啊！

想想那些被迫停賽的選手，因爲方向盤失靈，因爲校正過度，讓車子在對手面前打轉——身處那種情境眞是可怕。

一個贏家，一個冠軍，則會接受他的命運。他會繼續在灰頭土臉的情況下行駛，盡力保持原來的路線，只要情況許可，他會讓自己安然返回賽道。沒錯，他在這場比賽中落後好幾名。是的，他處於不利的位置，但重點是——他還在比賽，他還活著。

賽事還很漫長，寧可持盈保泰，以落後姿態完賽，也不要因爲拚車太凶，最後車毀人亡。

55

我在接下來的日子裡聽到許多消息，這都多虧麥可，因爲他一直追問丹尼，逼到他回答爲止。

原來丹尼媽媽的眼疾發生在他還是小孩子的時候，他一直照顧媽媽直到離家念中學。丹尼的爸爸曾經說過，如果他不留下來照顧農場和媽媽，就不必再費心聯絡了。丹尼多年來每逢聖誕節都會打電話回家，直到他媽媽最後終於肯接電話，只是聽而不出聲。經過多年之後，她才終於開口問他好不好、過得開不開心。

我也得知丹尼的父母並沒有幫忙支付他在法國做測試訓練的學費（丹尼之前曾如此宣稱），其實他是用房屋淨值房貸去付錢。我還知道他的父母也沒有如丹尼所說，贊助他參加巡迴賽事。他其實是用二胎房貸去支付費用，是伊芙鼓勵他這麼做的。

丹尼總是把自己逼到極限。最後他發現自己破產，逼不得已打電話給眼盲的媽媽，開口請她幫忙，任何協助都好，只要能讓他保住自己的女兒。而她的回答是只要她能跟孫女會面，她什麼都肯給他。她的雙手撫摸著柔伊充滿希望的臉龐，眼淚落在柔伊的洋裝上。

「好悲傷的故事啊。」麥可說，一邊為自己再倒一杯龍舌蘭酒。

「事實上，」丹尼看著他自己的健怡可樂瓶罐說，「我相信這個故事會有幸福的結局。」

56

「全體起立！」法警大聲喊，在這麼現代的環境中，居然有這麼老派的儀式。新的西雅圖法院，有著玻璃牆以及從各個角度伸出來的金屬梁柱，還有水泥地板和鋪有塑膠踏板的階梯，某種奇怪的藍光照亮這裡所有的一切。

「法官凡・泰韓。」

一個披著黑袍的年長男性大步走入庭內。他又矮又胖，灰白鬈髮被撥到頭的側邊；又黑又濃的眉毛像長毛的毛毛蟲一樣，掛在他的小眼睛上方；他講話帶有愛爾蘭腔。

「請坐。」他下令，「我們開始吧。」

審判開始了。至少在我心中是如此。我無法告訴你所有的細節，因爲我不知道——我是狗，不得入內。我對於審判的唯一印象，是我在夢裡自己編出來的奇妙景象與場景。我唯一知道的事實來自於丹尼的事後複述；我對法庭的唯一印象，就像我之前說

過，是從我最喜愛的電影與電視節目而得知的。我把那些出庭的日子拼湊出來，一如設法拼一個才完成一部分的拼圖遊戲——拼圖的框已完成，四個角已經塡入，可是中間還有很大一部分不見蹤影。

審判第一天處理的是審判前的聲請，第二天是挑選陪審團。丹尼與麥可對這些沒有多說，所以我猜一切都在預期中。這兩天，東尼與麥可一大早就出現在我們的公寓裡。麥可陪丹尼去法院，而東尼留下來照顧我。

東尼跟我在一起時，我們也沒做什麼。不是坐著看報、出去走走，就是去包浩斯咖啡店，他可以無線上網查看電子郵件。我喜歡東尼，雖然他幾年前曾經洗過我的小狗。或者可能就是因爲他洗過，結果那隻小狗，可憐的小東西，最後跟所有眾生的命運一樣，成了一堆線團，被扔進垃圾桶，沒有葬禮，也沒有頌辭。我眼睜睜看著丹尼把他丟入垃圾桶，蓋上垃圾蓋，就這樣永別了。

第三天早上，東尼跟麥可來的時候，氣氛開始有了變化。大家變得比較緊張，沒有無聊的打屁，也沒有心情開玩笑。那天是眞正要開庭的日子，我們都惶恐不安。丹尼的未來吉凶未卜，這可不是開玩笑的事。

我後來才知道，顯然勞倫斯先生發表了一場慷慨激昂的開場白。他同意檢方的主張，不過他也強調這種毫無根據的指控，是一種毀滅性的武器。他保證在這個起訴案中證明丹尼的清白。

檢方開始傳喚相關證人，都是那一週跟我們一起待在溫特索普度假的人。每個人都對於丹尼不當的調情態度指證歷歷，還有他對安妮卡虎視眈眈的模樣。是的，他們都同意她是主動跟他玩調情的遊戲，不過她只是個孩子！（「就跟蘿莉塔❶一樣！」演員史賓塞・屈賽可能會這樣大喊。）證人們都說，丹尼是個聰明、強壯又好看的男人，他自己應該再清楚不過兩人到底發生了什麼事情。證人一個接一個，把丹尼形容成行事狡猾的人，說他千方百計想接近安妮卡，像是輕輕碰觸她或偷偷握她的手。證人的話一個比一個有說服力，直到最後，那位所謂的「受害人」被傳喚上台。

安妮卡穿著乖乖女會穿的裙子和高領上衣，頭髮綁在後面，目光低垂，她一一細數每一次和丹尼的四目相視、眼神交會，還有貼近時的氣息，包括每一次的不小心碰觸以及差一點就碰到的情況。她承認自己是自願——甚至可以說是積極的——共犯，不過她卻堅持自己只是個孩子，不知道自己會陷入什麼狀況。她顯然很難過，也道出整起事件後來帶給她多大的折磨。

我眞想問到底是什麼折磨她。是她的天眞，還是她的罪行？但是我不在場，無法提問。等安妮卡做完直接證詞，庭內沒有一個人敢說丹尼絕對沒有在那一週內吃她豆腐，除了丹尼之外。就連丹尼對自己的信心也開始動搖。

那天是星期三，中午過後天氣悶熱惱人。雲層很厚，可是天空卻不肯下雨。東尼帶我去包浩斯買他的咖啡。我們坐在店外面看著松木街上車來人往，直到我停下思緒、失去時間感爲止。

「恩佐……」

我抬起頭。東尼把他的手機收進口袋。

「是麥可打來的。檢方要求暫時休庭，有事情發生了。」

他停下來等我的反應。我沒開口。

「我們該怎麼辦？」他問。

我叫了兩聲。我們該走了。

東尼收起電腦和包包。我們在松木街上趕路，跨越公路天橋。他走路速度很快，我跟在後面非常吃力。他覺得狗鏈被拉緊時，就會回頭看我並慢下腳步。「如果想趕上他們，我們就得快一點。」他說。我也想要趕上啊，可是我的髖部好痛。我們急忙過了派拉蒙戲院到第五大道，迅速朝南走，在紅綠燈之間呈之字形前進，終於到達第三大道法院前的廣場。

麥可與丹尼不在那裡。只有一小撮人聚在廣場角落，他們討論得很熱烈，手勢也很激動。我們朝他們走去，也許他們知道發生什麼事。不過這時，天空開始下雨。那群人很快就鳥獸散，我看到安妮卡也在人群裡。她的臉色憔悴又蒼白——她在哭。她一看到我就退縮，很快轉過身去，消失在建築物裡。

她爲何這麼難過？我不知道，可是這卻讓我非常緊張。在那棟建築的司法暗房裡，究竟出了什麼事？她是不是又說了什麼，進一步牽連到丹尼、毀掉他一生？我祈禱能有某種力量介入——演員葛雷哥萊·畢克[2]、吉米·史都華[3]或是洛爾·朱利亞[4]的靈魂降臨在廣場上，帶領我們看到眞相。不然保羅．紐曼或是丹佐．華盛頓也可以從路過的巴士上走下來，發表一場讓一切回歸正義的動人演說。

東尼和我在雨棚下避雨，我們緊張地站著。有事情發生了，但我卻不知道是什麼狀況。我眞希望自己也能參與整個司法過程，偷偷潛入法庭，跳上桌子，讓大家聽到我的發言。不過我的參與並不在計畫當中。

「已經結束了，」東尼說，「我們不能改變已經決定的事。」

眞的不能嗎？我很懷疑。即使一點點也不行嗎？我們不能用自己的意志力來完成不可能的事嗎？我們不能運用自己的生命力來改變一些事物嗎？——某件小事、某個不重要的時刻、某次呼吸、某個姿勢？面對周邊的事物，我們眞的無能爲力嗎？

我的腿好沉重，再也站不住了。我躺在溼溼的水泥地上，不安穩地睡去，還作了很多怪夢……

「陪審團的各位女士先生，」勞倫斯先生站在陪審席前說，「請注意，由檢方所起訴的這起案件純屬臆測，沒有所謂性侵的證據。那晚的眞相只有兩個人知道。兩個人，還有一隻狗。」

「一隻狗？」法官不可置信地問。

「是的，凡・泰韓法官。」勞倫斯先生大膽走向前說，「整起事件的目擊證人正是被告的狗。我現在傳喚恩佐到證人席！」

「抗議！」檢察官大叫。

「抗議成立，」法官說，「暫時如此。」

他從自己桌下搬出一本大書仔細翻閱，查了許多章節。

「這隻狗會說話嗎？」法官問勞倫斯先生，他的頭還是埋首書中。

「只要有語音合成器就可以，」勞倫斯先生說，「是的，這隻狗會說話。」

「抗議！」檢察官高聲大叫。

「抗議還不成立，」法官說，「請跟我解釋一下這個設備，勞倫斯先生。」

「我們借來的這個特殊語音合成器，是為了作家史蒂芬・霍金所研發的，」勞倫斯先生繼續說，「藉由判讀腦內的電子脈衝……」

「夠了！我聽到『史蒂芬・霍金』就聽不下去了！」

「有了這個設備，狗也可以開口說話。」勞倫斯先生說。

法官用力闔上他的大書。

「抗議駁回。那就請他上來吧，這隻狗！請他上來！」

法庭裡擠滿了數百人，我坐在證人席，綁著史蒂芬・霍金的語音合成器。法官叫我宣誓。

「你願意對神起誓你所說屬實，完全講真話，只說真話嗎？」

「我願意。」我的聲音沙啞又像金屬，完全出乎我的意料。我一直希望自己講話更威嚴、穩重，有演員詹姆斯．厄爾瓊斯❺的風範。

「勞倫斯先生，」法官大人聽了驚訝地說，「你的證人。」

「恩佐，」勞倫斯先生說，「你也在事發現場嗎？」

「是的。」我說。

旁聽席突然安靜下來，沒人敢說話、偷笑，甚至是呼吸。我在講話，他們在聽我講話。

「請告訴我們那晚你在史威夫特先生房間裡所看到的經過。」

「我會說的，」我說，「不過首先，請允許我在庭裡先講些話。」

「請。」法官說。

「我們每個人的心裡都有眞相，」我開始說，「絕對的眞相。不過有時眞相會隱藏在鏡廳裡——有時我們以爲自己看到的是眞實事物，但其實它只是一個複本，一個扭曲的事物。當我旁聽這場審判時，我想到了詹姆斯．龐德的電影《金槍人》裡的高潮戲。詹姆斯．龐德打破玻璃，摧毀幻像，逃出了困住他的鏡廳，此時眞正的壞人就站在他面前。我們也必須要打破鏡子，審視自己，根除扭曲，我們心底的一切才會純粹而眞實地呈現在我們面前——也唯有如此，正義才能彰顯。」

我看著法庭上眾人的表情，人人都在思索我的話，頻頻點頭表示讚賞。

「他們之間什麼都沒有發生。」我終於說出口，「什麼事情都沒有。」

「可是我們聽到了這麼多指控。」勞倫斯先生說。

「庭上，」我提高了音量，「陪審團的各位女士先生，我向你們保證，我的主人丹尼·史威夫特，絕對沒有對這位年輕小姐安妮卡有任何不當的行爲。我看得很清楚，她愛他甚於一切，她要主動獻身而被他拒絕。丹尼載我們越過難走的山路後，精疲力竭，他用盡所有體力只爲把我們平安送回家，他唯一的罪過就是睡著了。安妮卡，這個女孩，這個女人，也許眞的不知道她的行爲會引發何種後果，就攻擊了我的丹尼。」

旁聽席開始竊竊私語。

「安妮卡小姐，這是眞的嗎？」法官問道。

「是的。」安妮卡回答。

「所以妳否認先前的指控了？」凡·泰韓問。

「是的，」她哭出來，「我很抱歉害你們受這麼多苦。我撤回控訴！」

「這眞是一場驚人的眞相大白！」凡·泰韓宣布，「恩佐這隻狗說話了！眞相大白了！此案撤銷。史威夫特先生已是自由身，他獲得女兒的監護權。」

我從證人席上跳起來，擁抱丹尼與柔伊。終於，我們一家人又團圓了。

「結束了。」

是我們家主人的聲音。

我睜開眼睛。丹尼撐起一把大雨傘，麥可與勞倫斯先生站在他兩側。中間經過多久時間，我不清楚。不過東尼跟我都被雨淋得一身溼。

「休庭是我生命中最漫長的四十五分鐘。」丹尼說。

我在等丹尼的答案。

「她撤銷了，」他說，「他們撤回告訴。」

他贏了，我知道，可是他忍不住哽咽。

「他們撤回告訴，我自由了。」

丹尼要是只跟我在一起的話，也許就可以忍住，不過現在麥可緊緊抱住他，丹尼多年來的淚水也潰堤而出。他的淚水庫以往因為有決心而不曾潰堤，就算有漏水處，也總是能找到另一根手指堵住。而現在他哭得一發不可收拾。

「謝謝你，勞倫斯先生，」東尼邊說邊握著勞倫斯的手，「你做得真好。」

勞倫斯先生露出微笑，也許這是他這輩子第一次笑。

「他們沒有確切證據，」他說，「他們只有安妮卡的證詞。我看得出來檢方問她時，她猶豫不決，沒有完全照實說。所以交叉質詢時我追問下去，她就崩潰了。她說到現在為止，她都只有告訴別人她『希望』事情真的發生過。今天她終於承認什麼事都沒有發生。現在沒有她的證詞，檢察官要是還想對這個案子採取進一步動作，就顯得很愚蠢。」

那是她作證的內容嗎？我想知道她現在人在哪裡，在想些什麼。我張望廣場四周，發現她正要與家人離開法院，看起來似乎很脆弱。

她向前眺望，看到了我們。那時我才知道，她並不是壞人。一個駕駛不能因爲車道上的意外就對另一位車手發脾氣。你只能氣自己在不當的時間出現在不當的地方。

她本來是對著丹尼迅速揮手致意，不過我是唯一看到的人，因爲只有我在看。所以我叫出聲來好讓她知道。

「你有個很好的主人。」東尼跟我說，他的注意力還侷限在我們這個小圈圈裡。

他說得對。我的主人最棒了。

我看著丹尼抱住麥可，來回輕輕搖晃身體，感受那種如釋重負的滋味。我知道本來還有另一條路可以讓他走得更輕鬆，不過走那條路的結果不可能會比現在更讓人滿意。

---

❶《蘿莉塔》（*Lolita*）：俄羅斯裔美國作家納博科夫（Vladimir Nabokov）在一九五五年發表的成名小說，描述中年男子迷戀十二歲女孩的故事。改編電影的演員為史賓塞・屈賽（Spencer Tracy）。

❷電影《梅岡城故事》（*To Kill a Mockingbird*）中，影星葛雷哥萊・畢克（Gregory Peck）飾演被指控強姦白人的黑人被告的辯護律師。

❸電影《雙虎屠龍》（*The Man Who Shot Liberty Valance*）中，影星吉米・史都華（Jimmy Stewart）飾演一位嫉惡如仇的新人律師。

❹ 電影《無罪的罪人》（*Presumed Innocent*）中，影星洛爾．朱利亞（Raul Julia）飾演一名令人信服的律師。

❺ 詹姆斯．厄爾瓊斯（James Earl Jones）：美國黑人演員，聲音低沉，富有權威感和領袖氣質，曾為《獅子王》中辛巴的父親、《星際大戰》黑武士首領配音。

57

就在第二天，勞倫斯先生通知丹尼，邪惡雙胞胎已經放棄他們的監護權官司，柔伊是他的了。雙胞胎要求給他們四十八小時的時間幫她打包，希望在將她送還給丹尼之前，有多一點時間相處，不過丹尼並沒有義務要同意。

丹尼本來可以當壞人的，他大可以報復。他們奪走他好幾年的時間，奪走他全部的錢，讓他無法工作，企圖毀滅他。不過丹尼是個溫和有禮的人，他會同情別人，所以答應了他們的請求。

昨天晚上他烤著餅乾，等柔伊回來，一如往常從麵糊開始做起，這時電話響起。因爲他手中沾滿黏答答的燕麥糊，所以按下廚房電話的擴音鍵。

「謝謝您的來電，請問有什麼事？」丹尼開心地說。

接下來是充滿靜電干擾聲的一陣靜默。

「我找丹尼．史威夫特。」

「我就是丹尼，」丹尼看著他的餅乾盆大喊，「有什麼可以效勞的嗎？」

「我是路卡．潘多尼，從馬拉內羅打來的，你之前有打電話給我？你現在方便講話嗎？」

丹尼揚起眉毛，對我微笑。

「路卡！謝謝你回我電話。我正在做餅乾，所以用了電話擴音器，希望你別介意！」

「沒關係。」

「路卡，我打電話給你的原因是……讓我困在美國的問題已經解決了。」

「從你的聲音我聽得出來，結果一定讓你很滿意。」路卡注意到。

「眞的是這樣，」丹尼說，「的確是如此。我想知道之前你提供的職位是不是還在？」

「當然。」

「那麼我的女兒和我，還有我的狗恩佐，都很樂意到馬拉內羅與你共進晚餐。」

「你的狗叫恩佐❶？眞是吉利啊！」

「他骨子裡是一位賽車手。」丹尼邊說邊對著我微笑。我好愛丹尼。沒有人比我更了解他，不過他總還是會給我驚喜——他竟然打電話給路卡！

「我非常期待與你的女兒見面，也想再次看到恩佐，」路卡說，「我會請我助理安排。關於工作的話還是得要簽約，這點我希望你可以了解。關於我們這家企業的本質，還有培養測試車手的成本……」

「我了解。」丹尼回答，他把燕麥片與葡萄乾啪地一聲放到餅乾烤盤上。

「你不會反對簽三年約吧？」路卡問，「你的女兒不會介意住在這裡吧？如果她不想念我們的義大利學校，這裡也有間美國學校。」

「她跟我說想試試看義大利學校，」丹尼說，「我們會看看以後的狀況如何。不管怎麼樣，她知道這是一場很棒的冒險，她非常興奮。她已經在讀一本我給她的書，學一些簡單的義大利話。她說在馬拉內羅點披薩吃沒有問題，她很喜歡吃披薩。」

「太好了！我也愛吃披薩！我喜歡你女兒的想法，丹尼。我能參與你人生的重新開始，讓我覺得非常開心。」

丹尼又壓出更多的餅乾，好像幾乎忘了自己在講電話。

「我的助理會跟你聯絡，丹尼。希望幾個星期後就可以看到你。」

「好，路卡，謝謝你。」啪，啪。「路卡，」

「是？」

「你現在可以告訴我爲什麼了嗎？」丹尼問道。

又是一次很長的停頓。

「我比較希望之後再告訴你……」

「是，我知道，路卡，我懂，不過如果你能考慮現在告訴我的話，對我會有很大幫助，可以讓我心安。」

「我知道你的需求，」路卡說，「我跟你說，許多年前，當我太太過世時，我難過到幾乎活不下去。」

「我很遺憾。」丹尼說，這時他已經不再弄麵糊，只是專心聽。

「謝謝你，」路卡說，「我花了很久的時間，才知道該怎麼回應大家的安慰。這麼簡單的事情，卻充滿了苦痛。我想這你都懂。」

「我知道。」丹尼說。

「要是沒有人幫我，要是我沒有找到對我伸出援手的人生導師，我早就因爲悲傷而活不下去。你懂嗎？前一個在這家公司坐我這個位置的人，給我一個替他開車的工作機會。他救了我的命，而且不只是我，還有我的小孩。這位人士最近剛過世——他年紀很大——不過有時我還是會看到他的臉，聽到他的聲音，我非常懷念他。他給我的機會不是爲了叫我自己留著，而是要我給其他人。這也正是我覺得自己很幸運的原因，因爲我可以有機會幫助你。」

丹尼注視著電話，好像可以從裡面看到路卡一樣。

「謝謝你，路卡，謝謝你的幫忙，還有謝謝你告訴我給我工作的原因。」

「我的朋友啊，」路卡說，「眞正開心的是我。歡迎來到法拉利。我向你保證，你絕對不會想要離開。」

他們互相道別，然後丹尼用小指按下電話鍵。他蹲下來把他那黏答答的手伸向我，我很樂意舔得乾乾淨淨。

「有時候我相信，」在我忘情地舔他的手、他的手指，他那可相對拇指❷時，他這麼跟我說，「有時候我是眞的相信。」

❶ 法拉利車廠創辦人的名字，正是恩佐·法拉利（Enzo Ferrari），他也是法拉利車隊的創立者。

❷ 可相對拇指：指靈長類擁有可以跨過手掌與其他指尖接觸的拇指特徵，因而可以抓住及緊握物體。

58

黎明緩緩自地平線上破曉，陽光照拂大地。我的一生看似太長也太短。大家都在說活下去的意志，卻很少人提到死亡的意志。因爲人們害怕死亡，死亡是黑暗、未知，又令人恐懼的。不過對我來說並非如此。死亡不是終點。

我聽到丹尼人在廚房。我可以聞到他在做早餐。我們一家人都在的時候，當伊芙、柔伊在的時候，他都是自己下廚。她們不在家已經很久了，丹尼這段時間都吃玉米片。

我用自己體內僅存的所有力氣，咬牙撐起身子站起來。雖然我的髖部僵硬，腿也痛得像火燒一樣，我還是一拐一拐走到臥室門口。

日漸衰老是件可悲的事，身體處處受限、不斷走下坡。我知道人人都會走到這一步，不過我想這未必是定數。我想應該是你的心先老，身體才會跟著老。依大家目前的心態以及集體倦怠的狀況，接受老化變成是我們的選擇。不過有一天，會有一個突變的小孩誕生，他拒絕變老，拒絕承認我們身體的種種限制。他會健康活下去直到活夠爲止，而不是等到他的身體無法再支撐下去。他會活上數百年，跟諾亞一樣，跟摩西一樣。這孩子的基因會遺傳給他的子嗣，而且有越來越多像他的後代還會繼續傳承。他

們的基因構造會取代我們這些在死前需要變老與衰敗的基因。我深信那一天會到來，不過，這樣的世界已經超出我的視界範圍。

「嗨，小佐！」他看到我時叫我，「你還好嗎？」

「糟透了。」我回答。不過，當然他聽不到。

「我幫你做了鬆餅。」他的語氣很開心。

我逼自己搖尾巴，可我真的不應該這樣做，因爲搖尾巴會擠壓我的膀胱，我感覺到熱熱的尿滴濺到我的腿上。

「沒關係，乖，」他說，「我來擦。」

他清乾淨我的穢物，然後撕一塊鬆餅給我。我含在嘴裡，可是無法咬，無法品嘗。它就這麼軟軟地擱在我的舌頭上，直到最後從我嘴裡掉到地板上。我想丹尼注意到了，但他什麼也沒說；他繼續翻鬆餅，然後放到烤架上冷卻。

我不希望丹尼爲我擔心，我也不想逼他帶我到獸醫那邊進行安樂死。他這麼愛我，我對丹尼做的最惡劣之事恐怕就是逼他傷害我。安樂死的概念的確是有些好處沒錯，可是有太多感情糾葛，我比較傾向協助自殺的做法，這是由受到啓發的凱渥基恩醫生[1]所研發。這台機器可以讓生病的老人按下按鈕，自己承擔死亡的責任。自殺機器完全是一種主動，一個大大的紅色按鈕——按還是不按——那是獲得赦免的按鈕。

我想死。也許當我變成人，我會發明爲狗設計的自殺機器。

等我再度回到這個世界，我會變成一個人。我會行走在你們之間，用我小而靈敏的舌頭舔我的唇；我會和其他人握手，用我的可相對大拇指緊緊握住他們。我還會教導大家我所知道的一切。看到有人陷入麻煩，不論是男人、女人還是小孩，我都會伸出援手，不管是抽象地還是實質地伸出援手，我都會伸出手來，給他、給她、給你、給全世界。我會是個好公民、好夥伴，一起為共同的生活打拚。

我走到丹尼那邊，把頭埋進他的大腿間。

「我的恩佐啊。」他說。

他本能地傾身向下摸我——我們在一起這麼久了——他摸著我的頭頂，然後手指搔抓著我的耳朵摺縫。

我兩腿一彎，倒了下去。

「小佐？」

他忽然驚覺，蹲伏在我旁邊。

「你沒事吧？」

我很好，好得不得了。我很好，真的。

「小佐？」

丹尼關掉煎鍋下的火，把手放在我的胸口上，他感覺到的心跳——如果他的手真的有摸到什麼的話——並不是很強。

在過去幾天中，一切都變了。丹尼將要與柔伊團圓，我真想看到團聚的那一刻。他們要一起去義大利，去馬拉內羅。他們會住在小城裡的某間公寓，開著飛雅特汽車。丹

尼會是法拉利的頂尖車手。我可以想像他的模樣，他已經是賽道上的專家，因爲他如此迅捷又聰明。他們會發現他的天賦，把他從那群試駕車手中挑出來，給他一級方程式賽車的選秀機會——加入法拉利車隊。他們會選他來替代那無人可取代的舒馬克。

「給我機會。」他會這麼說，而他們眞的會給他機會。

他們會看到他的才能，讓他成爲車手，沒多久，他就會變成像洗拿一樣的一級方程式賽車冠軍，就像范吉奧、克拉克、史都華、皮奎特、保魯斯特、羅達、曼賽爾❷，就像麥可．舒馬克一樣——我的丹尼！

我眞想看到這一切。這一切，就從今天下午柔伊回來與爸爸團圓開始。不過我猜自己是沒機會看到了。反正，這也不是我能決定的。我的靈魂已經學到了它來這個世上該學的事情，其他的事情不過就是事情罷了。我們不能奢求一切都稱心如意。有時，我們眞的只能相信而已。

「你沒事的，」丹尼說。他把我的頭放在他的膝上，我看著他。

我還滿清楚雨中賽車的事——我知道那跟平衡有關；與期待和耐心有關；我知道雨中順利行車的所有駕駛技巧。不過雨中賽車也跟「心」有關！你必須知道如何駕馭自己的身體；你要相信車子只是身體的延伸，賽道是車子的延伸，雨是賽道的延伸，天空則是雨的延伸。你要相信你不是你——你是一切，而一切就是你。

大家常說賽車手自私、自我中心，我以前也認爲賽車手很自私，但是我錯了。想要當冠軍，必須完全拋開自我。你不能把自己當成一個獨立的個體，你要全心全意投入比賽。如果不是為了自己的團隊、自己的車子、自己的位置、自己的輪胎，你根本什麼都不是。千萬不要把信心與自覺，跟自我中心混為一談。

我曾經看過一部紀錄片，是關於蒙古的狗。這部片講述了準備要拋去狗軀體的狗，他的下一個輪迴，將會變成人。

我準備好了。

但是……

丹尼非常難過，他一定會很想念我。我寧願繼續留下來和他們一起待在這間公寓，看著樓下街頭上的人群彼此聊天握手。

「你一直跟我在一起，」丹尼對我說，「你一直是我的恩佐。」

是的，我的確是。他說得沒錯。

「沒關係，」他對我說，「如果你現在得走，你就走吧。」

我轉過頭。攤在我面前的，是我的一生、我的童年、我的世界。

我的四周是我的世界，放眼望去是我出生的史班哥田野，起伏的山陵上遍地金黃草原在風中搖曳，當我穿過草間，草搔得我肚子好癢。天空一片湛藍，而太陽好圓。

我現在最想做的，就是在田野裡再多玩一點。在我變成人之前，我想要再多一點時間當現在的自己。這是我想要的。

我很懷疑：我是否白白浪費了自己的狗性？我是否為了自己的欲望而放棄生為狗的天性？一心期待我的未來而刻意避開自己的現在？我這樣做是不是錯了？

也許我眞的錯了。這眞是教人丟臉的臨終悔恨啊，實在好蠢！

「我第一次見到你時，」他說，「就知道我們會在一起。」

對！我心亦然！

「沒事的。」

我曾經在電視上看過一部電影，那是一部紀錄片——我常愛看電視，丹尼曾經叫我不要看太多電視——我看到的是一部關於蒙古狗的紀錄片，這部片說狗死後會轉世成人。不過片中還有其他的……

我感覺他溫暖的呼吸吐在我的脖子上，我感覺到他的雙手。他靠向我，雖然我已經看不見他了，他還是靠近我的耳邊。

這片原野好寬闊，我可以順著同一個方向一直跑，然後折返回來永遠跑下去。這片原野沒有盡頭。

「沒關係的，寶貝。」他的話很溫柔，輕輕地，進入我耳裡。

對了，我想起來了！這部紀錄片說狗死後，靈魂會進入我們周遭的世界，在世間奔馳，穿過原野，享受大地、輕風、河流、雨水、太陽，還有……

當一隻狗的生命結束，他的靈魂會自由奔放，直到他準備好重生爲止。我記得這紀錄片的內容。

「沒事的。」

等我轉世爲人，我會找到丹尼，我會找到柔伊。我會走向他們，跟他們握手，然後告訴他們恩佐問候他們，他們會明白的。

「你可以走了。」

我的眼前是自己的世界：圍繞在史班哥周邊的原野，沒有圍牆、沒有建物、沒有人群。只有我、綠草、藍天，還有土地。只有我。

「我愛你，寶貝。」

我又踏入原野走了幾步，感覺眞好。能夠待在涼爽的空氣裡眞棒，聞著我周邊的氣息，感受灑在身上的陽光。我感覺身歷其境。

「你可以走了。」

我使出力氣，開始起程，感覺非常舒服。彷彿沒有了年紀，也沒有時間感。我加速快跑。

「沒關係，恩佐。」

我沒有回頭看，不過我知道他在那裡。我叫了兩聲希望他可以聽到，我希望他知道。我感覺他在注視我，但我不回頭。我奔向原野，進入眼前無垠的宇宙，我繼續奔跑。

「你可以走了。」他呼喚我。

再快一點！我奔跑時，風沉沉地拂在我臉上。再快一點！我覺得自己的心臟狂跳，我吠了兩聲告訴他，也告訴世上的每一個人，我要「再快一點！」。我叫了兩聲好讓他知道，好讓他記得——這正是我一直企求的時刻。

再跑一圈，丹尼！再跑一圈！再快一點！

---

❶ 凱渥基恩醫生（Dr. Kevorkian）：提倡安樂死的美國病理學家，一九八〇年代發明自殺機器。一九九〇年代，他幫助上百位末期病患死亡，一九九八年被判決謀殺罪成立，判刑監禁十至二十五年。

❷ 范吉奧（Juan Manuel Fangio）、克拉克（Jim Clark）、史都華（Jackie Stewart）、皮奎特（Nelson Piquet）、保魯斯特（Alain Prost）、羅達（Niki Lauda）、曼賽爾（Migel Mansell），以上皆為一級方程式賽車歷屆冠軍車手。

後記

義大利的伊莫拉

一切都結束了，贏了最後一場賽事，本賽季冠軍出爐之後，他一個人坐在湯布雷羅彎道的內場草地上，連日的雨讓草地非常潮溼。一個身著法拉利紅色耐燃纖維賽車服的鮮明身影，賽車服上貼滿贊助商的標章，因爲廠商想讓他成爲他們的代言人、形象大使，讓全世界視他爲品牌象徵。這位冠軍獨自一人坐著。日本、巴西，還有義大利、歐洲，全世界的人都在慶祝他的勝利。在拖車與後場的其他車手都不可置信地搖頭，有的年紀只有他的一半。他們不敢相信他所完成的豐功偉績、他所承受的痛苦折磨。他竟能以黑馬之姿成爲一級方程式賽車冠軍。在他這個年紀，活脫脫還眞是個神話。

一部高爾夫球電車停在他附近的柏油地上，駕駛是位留著金色長髮的年輕女子。與她同車的還有兩個人，一大一小。

年輕女孩從車裡出來，走向冠軍。

「爸？」她呼喚。

他抬頭看她，雖然心裡希望能有再多點時間獨處。

「他們是你的超級粉絲。」她說。

他微笑地轉動眼睛。他有粉絲這件事情——不管是大人還是小孩——對他來說都是

很愚蠢的，他必須要習慣這件事。

「不，不是這樣，」她說，因爲她總是能猜到他的心思。「我想你一定很想見他們。」

他向她點頭，因爲她總是對的。她示意車內的兩人出來。有個男人先走出來，他身上裹著斗篷雨衣。緊跟著是個小孩。他們朝冠軍走去。

「丹尼！」那男人開始用義大利語大叫。

他不認得他們。他並不認識他們。

「丹尼！我們一直在找你！」

「我就在這。」冠軍（用義大利語）回答。

「丹尼，我們是最支持你的粉絲。你女兒帶我們來找你，她說你不會介意。」

「她很了解我。」冠軍的話裡充滿感情。

「我的兒子，」那男人說，「他很崇拜你，他總是不停提起你。」

冠軍看著那個小男孩——他個頭小，輪廓鮮明，有著冷漠的藍眼睛和一頭輕盈鬈髮。

「你幾歲了？」他問。

「五歲。」男孩回答。

「你玩賽車嗎？」

「他玩小型賽車，」那位父親說，「他表現得相當不錯。他第一次坐進小型賽車，就知道要怎麼開。玩車實在很花我的錢，可是他很棒，真是個天才，所以我們才會去玩。」

「這樣很好。」冠軍說。

「可以幫我們在節目單上簽名嗎？」那位父親問。「我們是坐在那裡的場地看比賽。主看台的票太貴了。我們是從拿坡里開車來的。」

「當然可以。」冠軍對那位父親說。他接過節目單與筆。「你叫什麼名字？」他問那男孩。

「恩佐。」那男孩說。

冠軍抬起頭，愣了一下，有好一會兒，他動都不動。他沒有簽名，也沒有說話。

「恩佐？」他終於開口問。

「是。」那男孩說，「我的名字叫作恩佐。我想要當冠軍。」

冠軍臉色大驚，直盯著那男孩。

「他說他想要當冠軍，」那位爸爸幫兒子翻譯，不過他誤解了冠軍停頓不語的反應。「就跟你一樣。」

「很好的想法。」冠軍說，他還是一直盯著男孩猛看，直到他發現自己看太久，才搖頭制止自己再看下去。「我很抱歉。您的兒子讓我想起一個好朋友。」

冠軍與女兒四目相視，然後在男孩的節目單上簽名，再交給那位父親，那人接過來看。

「這是什麼?」父親問道。

「我在馬拉內羅的電話，」冠軍說，「等你覺得你兒子準備好了，就打電話給我。我保證會好好教他，讓他有機會上場開車。」

「謝謝!眞的太謝謝你了!」那男人說。「他一直在談論你。他說你是有史以來最棒的冠軍，他說你甚至比洗拿優秀!」

冠軍站起身，他的賽車服因爲雨還是溼的。他拍拍那男孩的頭，撥弄他的頭髮。男孩抬頭看他。

「他骨子裡眞的是個賽車手。」冠軍說。

「謝謝。」那位父親說，「你的賽車錄影帶，他全都研究過了。」

「眼睛往哪裡看，車子就往哪裡去。」那男孩說。

冠軍笑了，然後看著天空。

「是啊。」他說，「眼睛往哪裡看，車子就往哪裡去。沒錯，我的小朋友。說得非常、非常對。」

致謝

感謝 Harper 出版社美妙的夥伴們，特別是 Jennifer Barth、Tina Andreadis、Christine Boyd、Jonathan Burnham、Kevin Callahan、Michael Morrison、Kathy Schneider、Brad Wetherell 和 Leslie Cohen。

感謝我在 Folio 文學經紀公司的絕頂團隊：最重要的 Jeff Kleinman、Ami Greko、Adam Latham 和 Anna Stein。謝謝給予我寫作建議、指引的朋友們：Scott Driscoll、Jasen Emmons、Joe Fugere、Bob Harrison、Soyon Im、Doug Katz、David Katzenberg、Don Kitch Jr.、Michael Lord、Layne Mayheu、Kevin O'Brien、Nick O'Connell、Luigi Orsenigo、Sandy Perlbinder、Steve Perlbinder、Jenn Risko、Bob Rogers、Paula Schaap、Jennie Shortridge、Marvin Stein、Landa Stein、Dawn Stuart、Terry Tirrell、Brian Towey、Cassidy Turner、Andrea Vitalich、Kevin York、Lawrence Zola……還有許多未能在此列名的朋友。

也謝謝 Caleb、Eamon 與 Dashiell……

最後要感謝我的妻子德蕾拉，是妳讓我的世界得以實現。

國家圖書館出版品預行編目資料

我在雨中等你【暢銷十萬冊約定紀念版】/ 賈斯・史坦（Garth Stein）著；林說俐譯. -- 初版. -- 臺北市：圓神, 2015.11
304面；14.8×20.8公分 --（當代文學；131）
譯自：: The art of racing in the rain
ISBN 978-986-133-553-7（平裝）

874.57 104016263

Eurasian Publishing Group
圓神出版事業機構
用心與你對話・視野無限寬廣
圓神出版社
Eurasian Press

http://www.booklife.com.tw reader@mail.eurasian.com.tw

當代文學 131

我在雨中等你【暢銷十萬冊約定紀念版】

作　　者／賈斯・史坦（Garth Stein）
譯　　者／林說俐
發 行 人／簡志忠
出 版 者／圓神出版社有限公司
地　　址／台北市南京東路四段50號6樓之1
電　　話／（02）2579-6600・2579-8800・2570-3939
傳　　真／（02）2579-0338・2577-3220・2570-3636
總 編 輯／陳秋月
書系主編／李宛蓁
責任編輯／李宛蓁
美術編輯／金益健
內頁插畫／王春子
行銷企畫／吳幸芳・張鳳儀
印務統籌／劉鳳剛・高榮祥
監　　印／高榮祥
排　　版／莊寶鈴
經 銷 商／叩應股份有限公司
郵撥帳號／18598712　圓神出版社有限公司
法律顧問／圓神出版事業機構法律顧問　蕭雄淋律師
印　　刷／祥峯印刷廠
2015年11月　初版
2022年11月　9刷

定價300元　ISBN 978-986-133-553-7　